비트코인

삼국지

지은이

박촌 이영춘

비트코인
삼국지

지은이

박촌 이영춘

목차

세상에는 말로 설명할 수 없는 불가사의한 일들이 종종 벌어지곤 한다. 그리고 이 일도 그런 일 중의 하나일 것이다.

2014년 6월 스위스 제네바의 한 조그만 건물에서 WBA(world blockchain association)가 주최하는 작은 포럼이 개최되었다. 세상은 아무도 이 사건에 주목하지 않았고 참석한 사람들은 각 나라 일곱 명의 인원에 불과했다. 포럼의 제목은 '미래의 비트코인을 주목하라'였는데 포럼의 주최자인 사토시 나카모토의 지루한 설명으로 인해 네 명이 자리를 떠나고 단 세 명만이 자리에 남았다. 그들은 한국의 이일모와 일본의 시가이 무네와 러시아의 이반 체렌스키였다. 사토시는 이 세 사람에게 자신이 만든 비트코인에 투자할 것을 권했다. 세 사람은 각각 10억 달러의 돈을 투자하여 단 하나의 지갑을 만들었고 아무도 찾지 못하도록 세 장의 그림 뒷면에 전자지갑 주소와 비밀번호를 나눠서 적었다. 그림의 이름은 무산신녀도였다. 그리고 사카시 나카모토는 비트코인이 저장된 컴퓨터 외장하드를 스위스 은행의 비밀금고에 보관하였다. 세 장의 신녀도를 가져오는 사람에게 무조건 외장 하드를 건넨다는 조건이 달려있었다. 훗날 인류의 평화를 위해 이 돈을 쓰기로 약속한 세 사람은 각자 그림 한 장씩을 가지고 헤어졌다. 그리고 그 세장의 그림 뒷면에는 이런 글귀가 적혀 있었다.

[대한의 백성이 도탄에 빠지고 아비규환의 지옥이 구현되리라. 그날이 오래 지속된다고 해도 절망하지 마라. 조각 동전이 고래를 잡으면 구국의 용병과 터럭 하나가 나라를 구하리라.]

그리고 한참의 시간이 흘렀다 흐르는 강물처럼….

제 1부

서울 기획,
구국의 용병들

　남쪽에서는 봄소식이 한창이었지만 날씨는 의외로 쌀쌀했다. 갑자기 불어 닥친 한파로 사람들의 옷차림은 다시 두툼해지고 얇게 입고 나온 사람들은 몸을 달달 떨면서 지나갔다. 3월 1일이었다. 그런 쌀쌀한 날씨에 일곱 명의 남자들이 봉고차에서 내리고 있었다.

　"삼일절에 왜 데모를 하고 지랄이지?"

　"그러게 말입니다. 삼일절이나 광복절이면 폭주족 애들은 공연히 들떠서 한밤의 도심을 질주하곤 하죠. 나라를 위해 만세를 불렀고 그걸 기념하는 날이 삼일절이고 광복절은 일제의 치하에서 광복한 날을 기념하는 건데 폭주족은 왜 지랄들인지 모르겠습니다. 노동법을 고치라고 지랄하는 새끼들은 왜 하필 오늘 데모를 해서 우리 구국의 용병들을 피곤하게 하는지 모르겠습니다."

　"몇 놈 대가리가 깨져봐야 정신을 차리지, 마침 삭발식을 한다니 삭발한 대가리를 야구 배트로 때려 버리면 즉사하겠군. 삭발식이 시작되기 전에 이발사들

하고 노동자 대표들을 두들겨 패서 쫓아버려야겠지.”

“한 30분 여유 있으니까 몸들 풀고 있어라.”

“예.”

봉고차에서 내린 설태희는 벤치에 앉아 핸드폰을 켜고 바둑을 두기 시작했다. 봄바람이라기엔 차가운 바람이 옷깃과 얼굴을 스쳤다. 손을 호호 불면서 바둑을 두는 사이 다른 대원들은 여기저기서 몸을 풀고 있었다. 이색적인 광경이었다. 체격이 좋은 젊은 사내들이 검은 양복을 입고 있는 모습은 마치 영화에서 나오는 조폭처럼 느껴졌다. 사람들이 이상한 시선으로 그들을 바라보았다. 하지만 그들은 개의치 않았다. 그때 양백호가 설태희를 향해 다가왔다.

“뭐하냐?”

“바둑을 둡니다.”

“바둑 한 판 두는데 시간 많이 걸릴 텐데?”

“맞습니다. 제대로 두려면 제법 시간이 걸리지만 저는 초속기로 둡니다. 5분 바둑으로 해놓고 후다닥 승부를 가리지요. 집에서 컴퓨터로 두면 승률이 높지만 이렇게 기다리는 시간에 시간 죽이기로 두면 승률이 별로죠. 아무래도 심리 상태에 따라서 승부가 갈리곤 합니다."

"실력이 어느 정도야? 단이나 급이나 있잖아."

"여기서 시간 죽이기로 두는 바둑은 1단이나 2단으로 둡니다. 피씨방이나 집에서 제대로 두면 2단, 3단을 오락가락합니다. 지금은 5단만 되면 좋겠는데, 첩첩산중이라서 기력이 올라는 것이 하늘에 별따기와 같습니다. 9단은 언감생심 꿈도 못 꿉니다."

"그 정도면 잘 두는 거잖아. 나도 아다리는 알아. 사람들이 10급 정도 된다고 하더군."

"요즘은 아다리라고 안하고 단수라고 합니다. 아다리는 옛날에 바둑을 배운 사람들이 많이 쓰던 일본말의 잔재입니다. 나중에 시간 나면 다섯 점 깔고 한수 가르쳐 드릴게요."

"다섯 점은 심하다. 나도 기본은 하는데 그렇게 깔고 지겠어?"

"정말 10급 정도면 다섯 점이 적당해요. 언제 실제로 한 번 두어 보면 알겠죠."

"그래, 언제 한번 두자."

"그래요."

10분 정도 바둑을 두던 태희는 기권을 선언하고

핸드폰을 닫았다. 상대방은 초읽기에 몰려가면서 버티고 있었다. 30집 이상을 지고 있었지만 상대방은 던질 생각이 없어 보였다. 이미 승부가 난 바둑을 왜 던지지 않느냐고 항의할 수도 없는 노릇이었다. 승부란 그런 것이다. 이기고 싶다면 끝까지 두어서 이기면 된다. 하지만 설태희는 그럴 마음의 여유가 없었으므로 그냥 돌을 던지고 말았다. 기권패라고도 하고 불계패라고도 한다. 던지는 순간, 상대방은 3단으로 승단했다. 상대는 초반 정석에서 착각을 하고 그 실수를 끝내 회복하지 못하자, 분한 마음을 달래면서 바둑을 두어나가고 있었다. 중국 애들은 돌을 잘 던지지 않는다. 기질이라기 보다는 그들은 바둑을 스포츠로 생각하기 때문이다. 축구에서 아무리 점수차가 벌어져도 기권을 하지 않는 이치와 같다. 태희는 그런 상대방에게 기권을 하고 승리를 안겨주고는 미련 없이 대국장을 나갔다. 그리고 양백호에게 말했다.

"요즘은 금연구역이 아닌 곳이 없어요. 저 담배 피우러 화장실 갈 건데 같이 가실래요?"

양백호와 설태희는 나란히 걸어서 화장실의 뒤편으로 갔다. 그곳은 여기저기 담배꽁초가 흩어져 있고 오줌 싼 흔적이 있었다. 역한 지린내가 코끝을 찌른다. 어쩐지 여기서는 담배를 피워도 될 것 같은 분위기였다. 설태희가 담배를 꺼내어 양백호에게 건네고 자신도 입에 물고 양백호에게 불을 붙여주고 자신의 담배에도 불을 붙였다. 담배를 진하게 한 모금 빨아 삼킨 양백호가 말했다.

"설태희. 너 이런 일 한다고 결코 주눅 들지 마라. 우리는 구국의 용병이야. 자부심을 가지고 살아도 된다."

"뭐라구요? 악역 전문의 일을 하는 우리 서울기획이라는 단체가, 남들이 용역 깡패라고 손가락질 하는 우리가 구국의 용병이라고요?"

"너는 내가 아끼는 후배야. 알잖아. 평화원 출신은 아무리 주먹이 좋아도 불러다 쓰지 않았다. 그게 나름 내 원칙이다. 몇 명의 후배들이 찾아와서 같이 일하자고 했지만 거절했지. 그런데 태희 너는 내가 직접 스카웃했단 말이다. 기억하지?"

"고아원 나와서 오갈 데 없이 막노동으로 전전할 때 형님이 불러줘서 너무나 감사했죠. 더군다나 보수도 많고, 집까지 얻어 주고 말입니다."

"우리가 그거잖아. 왜 음지에서 일하고 양지를 지

향한다는 그런 정신."

"국가 정보원의 이념이죠?"

"그렇지. 야당의 집회를 엉망으로 만들고 야당의 인물을 테러하고 저렇게 점거 농성하고 있는 노동자들 두들겨 패서 쫓아내는 일은 누군가는 해야 하는 일이지. 우리가 그런 필요악적인 일을 하고 돈을 받는 것이니 구국의 용병이라고 해야겠지. 다른 의미로 보면 악역이지만 이 나라를 지탱하고 유지하기 위해서 누군가는 해야 하는 일이고 그걸 우리가 하는 거지."

두 사람은 담배를 다 피우고 다시 본래 있던 자리로 되돌아왔다. 검은 양복을 입은 일곱 명의 젊은 사내들이 양지쪽에 여기저기 쪼그리고 앉아서 서로 장난을 치거나 혹은 자기들끼리 노닥거리고 있었다. 앞 건물에는 노동 악법 철폐라는 현수막이 걸려있었고 다섯 개의 의자가 준비되어 있었다. 곧 노동법의 개선을 요구하는 삭발식이 진행될 예정이었다.

"기자들 들이닥치기 전에 저걸 저지해야 한다. 만약에 기자들이 사진을 찍어버리면 우리 얼굴 팔리고 임전무님한테 한 소리 들을 거야. 지금 의자 부숴 버리고 몇 명 두들겨 패고 빠지는 게 좋겠다. 우리는 그것만 하고 빠지면 된다. 삭발식이 끝나고 나면 곧 시청 앞까지 시위한다고 하는 정보가 있어서 경찰들이 들이닥칠 거야. 타이밍상 10분 후에 실행을 해야겠지?"

백호 형은 42살이었다. 한때 태권도를 했고 미들급에서 금메달을 여러 개 따고 국가대표 생활까지 했지만, 마약과 대마초에 손을 대다가 경찰에 잡혀서 3년의 교도소생활을 했고 그때 정부의 모 요원으로부터 제안을 받고 용역 깡패 일을 시작하였다. 가평의 평화원이라는 고아원에서 자란 백호 형은 우리에겐 입지전적인 인물이었다. 그러니 그와 같이 일을 하고 싶어 하는 후배들이 많았지만 절대로 데려다 쓰지 않았다. 인물이 후지다. 키가 작다. 주먹이 약하다는 등등의 이유를 달면서 거절을 했다. 그런데 유독 태희에게는 달랐다. 먼저 연락을 했고 전셋집을 얻어 주었고 모든 일을 열정적으로 밀어주었다. 덕분에 태희는 초고속 승진했고 서울기획의 부장이라는 타이틀과 명함을 가졌다. 파죽지세와 같은 성공 가도를 달린 것처럼 보였지만, 실상 그의 실체는 용역 깡패에 불과했다.

"싸움은 어디서 배웠냐? 운동은 뭐 했어?"

"고아원에서 무술 교본 책 여러 권을 사다 놓고 발차기 연습하고 품세 단련하고 그랬어요. 운좋게 고아원에 태권도 하는 애랑 유도하는 애가 있어서 그 녀석들하고 실전연습을 많이 했죠. 길거리 싸움에서는 누구에게도 지고 싶은 생각은 없습니다."

"제대로 체육관 다닌 적은 없지?"

"네, 없어요."

"싸울 때 특기는 뭐냐? 요즘 말로 하면 필살기."

"날라 차기입니다."

"날라 차기라… 네가 그래서 기본이 안 되어 있다는 거다. 네가 상대한 주먹들은 다 약한 주먹들이지. 날라 차기라는 말 자체가 없다. 굳이 말하자면 날아 차기가 맞겠지. 그러니까 네 발길질이나 주먹질은 족보가 없는 거란 말이다. 운동을 제대로 한 정통파를 만나면 사정없이 밑천이 드러날 거다. 동네 건달들이 격투기 선수들에게 줘 터지는 이치와 같다.

네가 하는 그런 걸 개발 질이라고 하지. 날아 차기라는 말도 잘 쓰지 않지만, 굳이 말하자면 그렇다는 것이다. 이단 옆차기, 공중회전 돌려차기, 반달차기, 공중회전 뒤돌아 옆차기, 뭐 그런 발차기가 있지. 여러 예술적인 발차기들도 있지만, 실전에서 굳이 써먹을 필요가 없다. 에너지 소비도 심하고 실패했을 경우 역습을 당할 확률이 크지. 어떤 운동을 한 어떤 싸움꾼이 있을지 알 수 없는 일이지. 세상에는 숨은 고수가 많다 겸손하지 않으면 한 방에 가는 것이 이 바닥이다."

"아무렴 제가 국가대표까지 한 형님과 주먹을 논할 자격이나 있겠어요? 진구한테 복싱도 배우고 석호한테 발차기도 배우면서 실력을 늘리고 있습니다. 저도 언젠가는 형님처럼 되고 싶습니다."

"그건 그렇다 치고, 너 나를 배신하지 마라. 나 배신하고 떠나면 지구 끝까지 찾아가서 죽여 버린다. 그게 내 원칙이다. 너를 위해서 내가 전세까지 얻어 주고 옷 사주고, 밥 사주고 여자 친구까지 소개해줬다. 나 양백호, 가평의 하얀 호랑이가 유일하게 믿는 놈이 너란 말이다. 너는 나에게는 형제와 같은 놈이지."

"형님의 은혜는 각골난망입니다. 뼈에 새기겠습니다."

"그런 틀에 박힌 말투 싫다. 그래도 너는 머리가 좋은 주먹이잖아. 어두운 쪽으로 안 빠지고 나랑 일하니까 전과도 없고 명성도 얻고 얼마나 좋아. 내가 은퇴하면 네가 서울기획을 책임져야 한다. 임 전무님한테도 다 그렇게 말을 해 놨다."

양백호가 시계를 보더니 벌떡 일어섰다. 그리고 검은 양복의 사내들에게 말했다.

"장비 점검하고 지금 친다. 다치게 하는 건 좋지만 죽거나 장애가 남게 하는 과잉행동은 하지 마라. 깔끔하게 예리하게 일격에 처리를 한다. 출격 준비되었나?"

"되었습니다."

그때 누군가 말했다.

"저건 뭐야? 김삿갓이야? 아니면 배추 도사 아니면 부채 도사인가?"

"어? 저 인간이 뭐 하는 거지?"

다섯 개의 의자가 나란히 놓여있는 앞으로 삿갓을 쓰고 한복을 입은 사내 하나가 커다란 지팡이를 들고 서 있었다. 그리고 삭발식에서 머리를 삭발할 다섯 명의 사내가 천천히 의자에 앉을 준비를 하고 있었다. 삿갓을 쓴 사내가 지팡이를 들어 올리더니 허공에 윙윙 돌리기 시작했다.

"영화 찍나?"

양백호와 태희가 바라보다가 서로의 눈길이 마주쳤다. 양백호는 당황했다. 이건 도대체 무슨 상황이지? 마침내 다섯 명의 남자가 자리에 앉자 카메라를 멘 기자들과 바리캉을 든 이발사들이 천천히 다가왔다. 그 모습을 본 양백호가 소리쳤다.

"조져 버려."

양백호와 태희를 포함한 일곱 명의 사내들이 야구 배트를 들고 마스크를 쓰고 이제 막 삭발식을 시행하려는 현장을 향해 내달렸다. 먼저 달려간 진구가 야구 배트로 이발사의 등짝을 후려갈겼다. 이발사가 허리를 숙여 피하다가 제풀에 바닥으로 뒹굴었다. 진구의 발길이 이발사의 옆구리를 걷어찼다. 다른 사내들도 일제히 삭발하려는 이발사와 삭발을 하기 위해 준비 중이던 사내들을 공격하기 시작했다. 그때 벼락같은 음성이 그들의 고막을 찢었다.

"그만하라. 이놈들아!"

검은 양복의 사내들을 온몸으로 막아서는 사람이 있었다. 조금 전에 등장한 삿갓을 쓰고 한복을 입은 남자였다.

"나라를 좀먹는 빨갱이 새끼들은 몽둥이가 약이다. 너는 뭔데 막아서는 거냐?"

양백호가 나서서 말했다. 사내가 삿갓을 벗어 던졌다. 머리가 훌떡 벗겨진 대머리 사내 하나가 모습을 드러냈다. 나이가 제법 들어 보였다. 아무리 적게 잡아도 70은 넘어 보이는 모습이었다. 벗겨진 대머리 뒤로는 머리가 제법 남아서 스님처럼 보이지는 않았다. 하지만 분위기로 보아 스님일지도 모른다는 생각이 들었다.

"시주들은 왜 삭발식을 방해하는 거요?"

정중하게 그러나 나지막하고 힘 있는 목소리로 물었다.

"이 나라의 권익과 안녕을 해치려는 무리를 응징하는 것이 우리가 하는 일이다. 나라에서 하는 일을 방해하는 자들은 우리가 용서하지 못한다. 우리는 구국의 용병들이다. 민간인을 해치고 싶지 않으니 비켜라. 보아하니 산속에서 도를 닦느라 세상 돌아가는 걸 모르는 촌뜨기인 모양이니 내 특별히 한번은 봐 줄 테니 옆으로 비켜서라. 그렇지 않으면 다친다. 죽을 날이 얼마 안 남은 노인네라 내 특별히 도망가도 쫓아

가지는 않겠다. 목숨이 아까우면 빨리 도망쳐라."

"안민 당이 키우는 똥개 새끼들이었군. 구국의 용병이 아니라 매국의 똥개들이구나. 그냥 돌아가면 내 특별히 이 죽장으로 매질을 하지는 않을 것이다."

양백호가 어이없는 웃음을 날리고는 뒤에 서 있는 사내들을 향해 손짓했다.

"죽지 않을 만큼만 패라."

진구의 야구 배트가 날았다. 사내의 등짝으로 그대로 배트가 날았다. 하지만 사내는 어느새 몸을 날리면서 피해내고 진구의 복부를 걷어찼다. 제법 매서운 솜씨였다. 하지만 사내는 작았다. 160cm도 안 되어 보이는 키에 몸무게도 50kg가 넘지 않아 보였다. 반면에 진구를 비롯한 사내들은 185cm에 100kg가 훌쩍 넘는 거구들이었다. 체급차가 나도 너무 난다. 그리고 그들은 늘 운동으로 단련된 젊은 사내들이었다. 하지만 노인은 빨랐다. 복부를 맞은 진구가 아무렇지도 않은 표정으로 주먹을 날렸지만 슬쩍 피하더니 허공으로 뛰어올라 양발로 진구의 양 볼을 가격했다. 발길은 제법 맵지만, 진구를 쓰러뜨리기엔 역부족이었다.

"늙은 쥐새끼가 나를 놀리네?"

야구 배트가 횡횡 날았다. 아슬아슬하게 피하긴 했지만, 워낙 작은 체구의 늙은이 인지라 보는 사람들에게는 긴장되는 순간의 연속이었다.

"구경만 하지 말고 다른 놈들도 다 조져 버려."

양백호가 소리치자 일곱 명의 조직원들이 일제히 날뛰기 시작했다. 몇 명의 이발사가 몽둥이에 맞고 쓰러지자 누군가 핸드폰으로 신고 전화를 했고 삭발 당하기 위해 대기하던 사내들도 일제히 달아나기 시작했다. 보다 못한 양백호가 진구를 비난하면서 싸움판으로 끼어들었다.

"늙어빠진 쥐새끼 하나 못 잡아? 천하의 허진구가 왜 그래?"

100kg가 넘고 키가 190cm에 육박하는 사내가 가볍게 스텝을 밟으면서 노인을 향해 나갔다. 그리고는 가볍게 탁 탁 발길질을 했다. 발로 던지는 잽이 예술이다.

"늙은 쥐가 말이야. 무슨 토착 무술이나 전통무술을 했는지, 방방 날아다니기는 하는데 어디 이 몸하고 한번 붙어서 살아남는다면 살려 보내드려야지."

양백호의 발길질이 날았다. 세계선수권대회와 올림픽에서 금메달을 획득한 발차기였다. 국가대표로 전국을 호령하던 발차기였다. 비록 오래도록 손을 놓고 있던 까닭에 전성기 시절만큼은 아니지만 강하고 날카롭다.

"발차기를 아트의 경지로 끌어 올린 게 나야. 늙은 쥐."

바람에 흩날리는 낙엽처럼 밀려나던 노인이 진구의 앞으로 밀려왔다. 진구의 수도가 양백호에게서 밀려나는 노인의 목덜미를 강타했다. 앞으로 휘청하는 순간, 양백호의 거칠고 둔탁한 발길질이 복부에 박혔다. 으윽, 소리와 함께 노인이 쓰러졌다. 여기저기서 비명이 들렸다. 멍청하게 서서 구경만 하던 태희가 노인을 보았다. 쓰러진 노인의 눈빛이 슬퍼 보였다. 한복을 입고 방방 뛰던 노인이 아니라 그저 힘없고 약한 노인 한 명이 눈에 들어왔다. 진구가 노인을 일으켜 세우더니 야구 배트로 사정없이 등짝을 갈겨버렸다. 아마 양백호의 명령이 아니었다면 머리통을 후려갈겼을지도 모를 일이었다. 코피가 툭, 솟으면서 툭 툭 툭 툭 걸어서 떠밀리듯이 태희의 앞에서 멈추었다. 태희의 발이 턱을 받쳤다. 그리고 주먹질을 하려다가 노인과 눈이 마주쳤다. 들었던 주먹을 날리지 못하고 다시 내렸다. 한 대 때리면 죽을지도 모른다는 생각이 들었다.

"공권력의 개야. 내가 불쌍해 보이냐?"

"적당히 하죠? 더 개기다간 오늘이 제삿날이 됩니다."

"공권력의 개로 살아가는 것도 비참하지? 무슨 떼돈을 벌려고 죄 없는 사람들 두들겨 패면서 살아가는 거지? 사람들 두들겨 패고 온 날은 무서워서 잠도 못 자지? 이렇게 사는 게 차라리 죽는 것만 못하다고 가방에 수면제 사놓은 것이 수두룩하지?"

"이 망할 놈의 늙은이가?"

발을 내리고 멱살을 잡고 들어 올렸다. 태희는 노인의 몸이 너무 가벼워서 속으로 놀랐다. 노인이 숨을 컥컥거리면서 말했다.

"가벼워? 이렇게 깃털처럼 가볍게 살아가야 하는 게 인생이야. 전셋집과 예쁜 여자와 부장이라는 직책과 동료들한테 잡아야 하는 가오 따위, 네놈이 이런 가벼움을 알아?"

"늙은이! 도대체 당신이 나를 알아?"

"내가 원주 금강암의 일모야. 일모가 뭔지 알아? 터럭 하나 一毛, 깃털보다도 가벼운 터럭 하나지. 네 놈이 딸딸이 치다가 자기도 모르게 떨어져 이불속에 들어가 숨어있는 터럭 하나, 그렇게 가볍게 살다가는 인생이야."

"중이요? 아니지. 스님입니까? 저는 교회 다니는 사람입니다."

태희의 목소리에 힘이 없다.

"삶의 방향성이 문제야. 나는 승복을 입은 게 아니라 한복을 입었어. 예수라는 분은 당신들을 위해서 십자가에서 죽었지. 물론 다시 살아났지만 말이야. 예수가 짊어지고 간 것은 인간들의 원죄라지? 그 양반을 믿으면 그 양반처럼 살아야 하는 거 아닌가? 회개하고 용서를 구해야 하는 거 아닌가? 그 양반이 기껏 짊어지고 죽어간 그 원죄를 왜 다시 짓고 있는 거지?"

"뭐라는 거야?"

"장차 이 나라를 위해 진짜 구국의 위인이 되어야 할 녀석이 삼류 깡패나 하고 있어?"

"이상한 소리 하다가는 대가리가 진짜로 깨지십니

다.”

“너무 멀리 가지 마라. 적당히 해라. 여기는 네 자리가 아니야. 결국 떠나야 한단 말이다. 용이 왜 연못에 머무는 거야?”

“진짜 늙은이가 망령이 드셨나? 난 이게 맘 잡고 사는 거야.”

어이없다. 너무 어이없어서 차마 내려치지 못하고 노인을 물끄러미 바라볼 때 다가온 진구의 배트가 노인의 머리를 후려쳤다. 땅, 소리와 함께 노인이 바닥으로 쓰러졌다. 양백호가 다시 노인을 들어 올려 양쪽 따귀를 거칠게 후려쳤다.

“형님, 그만하십시오. 그러다 죽습니다.”

양백호가 놀란 눈으로 태희를 바라보았다. 태희가 다시 소리쳤다.

“힘없는 노인일 뿐입니다. 그냥 버려두고 우리는 철수해야 합니다. 곧 경찰들이 몰려옵니다.”

“우리는 구국의 용병들이야. 경찰도 우리 편이지. 우리는 나라를 위해 일하는 사람들이야. 음지에서 일하고 양지를 지향하는 거지.”

“힘없는 노인을 구타하는 게 구국의 용병이 할 짓

입니까? 해도 너무 합니다. 형님이나 진구나 너무 잔인합니다. 이러다가 죽으면 어떻게 합니까?"

"최악의 경우에는 죽여도 상관없지. 우리에게 죄를 묻지 않는다고 했다. 죽는다면 그건 그냥 단순한 사고일 뿐이다."

"죽거나 다치게 할 필요가 없습니다. 힘없고 약한 노인에 불과합니다. 그냥 철수 합시다."

"지금 나한테 개기는 거냐?"

양백호는 태희를 바라보았다. 태희는 양백호의 눈길과 정면으로 마주쳤다. 감정이 없는 눈, 차라리 미워하거나 화를 내는 눈동자라면 덜 무서울 것이다. 아무런 감정이 없는 무심한 짐승의 눈빛이 그곳에 있었다. 양백호는 태희가 부하들 앞에서 자신에게 정면으로 반항한다는 생각이 들었다. 이렇게 정면으로 대드는 것은 반역이다. 모반이다. 가평 고아원의 후배라서 특별히 생각해서 스카우트해서 특별히 방까지 얻어 주면서 후계자로 키우던 태희가 정면으로 대드는 것이다. 백호의 눈에서 살기가 넘친다.

"형님, 개기는 것이 아니라 굳이 죄 없는 노인을 다치거나 죽게 할 필요가 없다는 말씀을 드리는 겁니다."

하지만 양백호의 말투는 단호했다.

"그러니까 오늘 처음 본 저 늙은 정신병자 때문에 5년간 너를 돌봐준 이 하얀 호랑이 양백호에게 정면으로 도전을 한다 이거지? 이건 배신이야! 배신!"

"형님, 도전이 아닙니다."

"내 눈에는 도전으로 보인다. 만약 도전이 아니라면 이 야구 배트로 저 노인의 머리를 한방 갈겨라. 갈기지 않으면 도전으로 간주하겠다."

"형님, 이건 아닙니다."

태희가 무릎을 꿇었다. 양백호가 배트를 들었다.

"그래? 개긴다 이거지? 네놈의 대가리를 깨고 그 담에는 이 늙은이의 대가리를 깨도록 하지. 진구야. 말리지 마라. 이건 기강에 관한 문제다."

"네. 알겠습니다. 형님."

진구가 씩씩한 음성으로 대꾸했다. 양백호가 야구 배트를 들었다. 쓰러졌던 노인이 천천히 몸을 일으키더니 말했다.

"사냥개들 틈에 제정신인 놈이 하나 있는데 그걸 죽이려고 하네? 그놈은 잘못한 게 없으니까 차라리 나를 때려라."

양백호가 시니컬하게 웃었다. 그리고 하늘을 올려다보면서 말했다.

"저놈은 내가 스카웃해서 키우는 놈이다. 죽여도 내가 죽이고 살려도 내가 살린다. 너는 저놈과 언제 봤다고 스스로 나서서 저놈 대신 대가리를 맞겠다는 거지?"

"이놈아. 내 나이가 칠십이 넘었다. 왜 말이 반 토막이냐? 너는 경로사상도 모르냐?"

"민족의 반역자 따위에게 왜 존댓말을 하지? 노동법 개선 따위를 주장하면서 민심을 선동해서 폭동을 일으키고 북한이 원하는 대로 국가를 전복시켜서 혼란에 빠뜨리려는 좌익 빨갱이 새끼지. 말해봐. 도대체 그놈들한테 뭘 받은 거지? 공작금이라도 받은 건가?"

"말이 안 통하네? 이거야 전형적인 극우주의자로군."

양백호가 진구를 향해 말했다.

"두 놈 대가리를 한방씩 갈겨줘라. 그리고 태희 너는 방 빼고 이 시간부로 해고다. 물론 퇴직금 따위는 없다. 그리고 설태희 자리는 진구가 대신한다."

진구의 야구 배트가 날았다. 퍽, 소리와 함께 노인

비트코인 삼국지

이 쓰러지고 다시 무릎을 꿇고 있던 태희의 머리로 야구 배트가 날았다. 태희는 피하지 않고 가만히 맞았다. 퍽, 소리와 함께 머리가 터지면서 핏물이 솟았다. 하지만 의식을 잃지 않고 무릎을 꿇은 채 가만히 양백호를 올려다보았다. 양백호가 말했다.

"가평의 논두렁에서 돼지 오줌보나 차고 놀던 철 없는 고아 새끼를 데려다 사람 만들어 놨더니 하루아침에 나를 배신해?"

"형님, 배신이 아닙니다. 다만 사람답게 살고 싶었습니다. 죄 없는 시민들 두들겨 패고 살아가는 정부의 앞잡이 노릇에 지쳤습니다. 해고 해주셔서 감사합니다. 짐도 없습니다. 책 몇 권하고 옷 몇 가지만 가지고 떠나겠습니다."

"은영이랑은 어떻게 할래?"

"여자 문제는 알아서 하겠습니다. 형님이 관여할 문제가 아닙니다."

"은영이는 내 조카란 말이다. 하여튼 알아서 해라."

양백호가 돌아섰다. 그리고 뚜벅뚜벅 걸어서 시야에서 사라져갔다. 어디선가 사이렌 소리가 들렸다. 태희의 눈앞이 흐려지기 시작했다. 흐려지는 시야로 일어서다가 앞으로 고꾸라지는 노인의 모습이 보였다. 죽었나? 나는 전형적인 돌대가리라 머리가 단단하지만 저 노인은 그렇지 않을 것이다. 죽을지도 모른다. 그러나 노인을 걱정하기엔 태희의 상태가 너무 심각했다. 바닥으로 툭 쓰러지면서 코와 입에서 피가 흘러나왔다. 양백호 일행을 태운 봉고차가 현장을 급히 빠져나가고 누군가가 소리쳤다.

"여기 부상자가 두 사람입니다. 속히 119를 불러 주십시오."

이렇게 죽는 건가? 태희는 의식을 잃었다.

제 2부

그대를 위로하는
바나나 라떼,
그리고 개드립

꿈도 없는 완벽한 잠이었다. 창조 이전의 완벽한 무, 깊이를 알 수 없는 까마득한 어둠, 그곳에서 태희를 불러낸 것은 은영의 목소리였다.

"오빠, 정신 좀 차려요."

은영이가 어깨를 잡고 흔들었다. 창조 이전의 무의식처럼 깊은 어둠에 잠겨있던 상처 입은 영혼이 서서히 깨어나고 있었다. 우선 너무 환한 불빛이 싫었다. 손으로 눈을 가리려는데 머리가 상당히 묵직했다. 만져보니 머리는 붕대로 칭칭 감겨 있었고 은영이가 눈물 젖은 눈으로 자신을 바라보고 있었다.

"뭐지?"

"오빠가 전화를 안 받아서 몇 번을 했어. 그런데 119구급대원 아저씨가 전화를 받더니 한일병원 응급실에 실어다 놨다고 하고 끊었어. 그래서 달려왔지."

"입원 수속은 누가 했대?"

"진구 오빠가 와서 오빠하고 저쪽에 한복 입은 아저씨랑 두 사람 입원시키고 갔어."

"백호 형이 시켰나 보지?"

"그랬을 거야. 그런데 어쩌다가 머리를 이렇게 다친 거야? 노동법 개정 요구하는 거 해산시키러 출동한다더니 노동자 아저씨들이랑 싸운 거야?"

"그런 거 아니다."

침묵이 흘렀다. 그때 간호사가 와서 태희의 체온을 재고 혈압을 체크하더니 물었다.

"머리가 아프거나 속이 울렁거리지 않아요?"

"아무렇지도 않습니다. 그런데 저랑 같이 실려 온 한복 입은 아저씨는 어때요?"

"그분은 멀쩡합니다. 환자분은 머리가 깨져서 뇌진탕이 의심되지만, 그분은 아주 멀쩡해요. 신기할 정도지요. 하지만 두 분 다 머리를 야구방망이로 맞았다고 하니 뇌진탕이나 후유증에 대해서도 걱정을 하셔야 합니다. 멀쩡하다고 그냥 퇴원했다가는 갑자기 쓰러져서 죽는 수가 있어요."

"야구방망이로 맞았다고?"

은영이가 화들짝 놀라면서 물었다. 태희가 고개를 끄덕였다.

"살아있는 게 기적이다."

간호사는 태희가 맞고 있는 링거의 줄과 눈금을 확인하더니 일어섰다. 태희는 한복을 입은 사내를 바라보았다. 스스로를 일모라고 소개하던 노인은 어디서 구했는지 리더스 다이제스트 영어판을 읽고 있었다. 태희가 피식 웃고는 고개를 돌렸다. 일모는 태희가 일어난 것을 알고 있었지만 전혀 신경 쓰지 않고 리더스 다이제스트만 열심히 읽고 있었다.

"나, 서울기획에서 잘렸어."

툭, 던지듯 태희가 말했다.

"잘렸다고? 누가 잘랐는데?"

"백호 형이지."

"방도 삼촌이 얻어 준 거고 취직도 삼촌이 시켜준 건데 삼촌이 오빠를 잘라?"

"내 머리를 이렇게 만든 것도 백호 형이야. 물론 백호 형이 직접 때린 건 아니지만 친구를 시켜서 이렇게 만들었으니 이 붕대는 백호 형의 작품이지."

"미친 거 아니야?"

"미친 건 나지. 내가 백호 형에게 정면으로 대들었지. 저기 저 한복 입은 노인의 머리를 깨라는 명령을 내렸는데 내가 거절했지."

비트코인 삼국지

"왜 거절했어? 오빠는 삼촌의 명령에 죽고 살아야 하는 거잖아."

"사람을 때리고 다치게 하는 건 체질에 안 맞아. 죄도 없는 노인의 머리를 후려갈기면 저 늙은이가 죽을지도 모르잖아."

그때 리더스 다이제스트 영문판을 읽고 있던 노인이 큰 소리로 외쳤다.

"네 놈 손에 죽을 만큼 허약하지 않다. 너는 명령대로 내 머리를 후려갈겼어야 했다. 하지만 너는 천성이 착한 놈이다. 악한 일을 억지로 하려는 것은 하늘이 원하는 게 아니다. 그런 천리를 거역하는 일을 한다면 하늘이 개입하기도 하지. 너는 선량한 눈을 가졌지만 다른 용병 녀석들은 썩은 동태 눈알을 가진 깡패들이지. 피도 눈물도 없는 놈들…."

침묵이 흘렀다. 태희는 노인을 물끄러미 바라보면서 생각에 잠겼다. 오늘 처음 만난 노인이다. 전혀 본 적도 없고 들은 적도 없는 괴상한 노인 하나가 내 인생을 엉망진창으로 만들었다. 하지만 어쩐지 밉지 않았다. 이 불합리하고 비논리적인 일상을 벗어나고 싶었다. 그러나 그걸 벗어나면 은영을 만날 수가 없다.

바깥의 찬바람은 잘 안다. 막노동도 해보고 온갖 아르바이트를 섭렵했지만 늘 먹고사는 일이 힘들었다. 사는 게 고행이었다. 끝이 보이지 않는 터널 속에 갇힌 기분이었다. 그런데 서울기획에 들어와서 일하는 순간, 모든 것이 해결되었다. 즐겁지는 않지만 누구를 부러워하지 않아도 되는 상황! 그런데 문제가 하나 있었다. 죄가 없는 사람들을 두들겨 패고 쫓아내야 하는 순간들이 견디기 힘들었다. 다른 사람들은 모두 만족하고 즐겁게 생활하고 있었지만, 죄책감이 태희를 견디기 힘들게 만들었다. 밤마다 고민했지만 서울기획을 떠나지 못했다. 좋은 차를 타고 은영이와 외곽에 놀러 가거나 맛난 음식을 먹으러 갈 수는 있다. 서울기획에 재직하는 한, 그런 모든 것이 해결된다. 그런데 불쑥 솟아나는 불안감이 있었다. 이렇게 계속 살아도 되는 건가? 그러다가 우연인지 인연인지 일모를 만나게 된 것이다.

"어디로 가실 거죠?"

퇴원 수속을 마치고 걸어 나올 때 엉거주춤한 표정으로 뒤따르던 일모에게 태희가 던진 한마디였다. 일모가 대답했다.

"터럭 한 조각이야 이리저리 바람에 날리면 그뿐이다."

"그래도 자기 의지를 가지고 걸어야 할 길이 있을 거 아닙니까?"

"네놈이 언제부터 나를 그렇게 배려했다고 지랄이냐. 나는 나 갈 데로 가고 너는 너 갈 데로 가는 것이다. 그런데 넌 어디로 갈 생각이냐?"

"신경 끄시지요?"

"정 오갈 곳 없다면 원주 구룡사의 금강암을 찾아오너라."

"스님이 아니라더니 절에 기거하는 모양이군요."

"이놈아. 절에 있다고 다 중이 아니다. 오기 싫어도 오는 날이 오겠지."

"말투에 은근한 라임이 있네요."

"이놈이 사람을 은근히 촌놈 취급하네? 촌놈은 맞지만, 시대에 뒤 떨어지는 뒷방 늙은이는 아니란 말이다. 나는 간다. 조만간 다시 보자꾸나."

태희는 가만히 서서 사라지는 일모의 뒷모습을 지켜보고 있었다. 은영이 말했다.

"저 영감님은 뭔데 자기랑 자꾸 얽히는 거야? 정신

이 온전치 못한 사람 같아. 한복도 멋진 게 얼마나 많은데 저런 촌티 뚝뚝 떨어지는 옷을 입고 자기 키보다 더 큰 지팡이는 뭐 하러 짚고 다니는 건지 코미디도 아니고 도대체 뭐야?"

"우리가 알지 못하는 다른 세상을 사는 거겠지. 나와 다르다고 다 다른 거라는 생각은 좀 위험하지 않을까?"

"개똥 철학자 납시었네."

말이 끊어졌다. 은영의 독설은 대단하다. 언제나 단호하고 강한 어조로 말하고 결론을 지어버리면 반박할 말이 없다. 은영의 뒤를 따라서 한참을 걸었다. 은영이 해장국집의 간판 앞에서 잠깐 망설이더니 문을 밀고 안으로 들어갔다. 태희도 따라 들어갔다.

"뼈 해장국 두 개 주세요.

묻지도 따지지도 않고 일단 시켜놓고는 자리에 앉는다. 다정하지만 확신에 찬 여인, 언제나 내 편인 여인. 태희는 따스한 시선으로 은영을 바라보았다. 은영이 핸드폰을 한참 들여다보다가 마침내 해장국이 나오자 핸드폰을 접었다.

"이게 우리의 마지막 만찬이야. 어때? 이별을 거하

게 축복하는 돼지 뼈가 정겨워 보이지 않아?"

"무슨 소리야?"

불안한 예감 따위는 없었다. 이별을 예감하는 어떤 전조도 없었다. 조금 전까지 따스한 미소를 잃지 않던 여인이다. 그런 여인이 이별을 말한다. 하지만, 안다. 그녀의 입에서 이별이 나왔다는 것은, 이미 결정된 사항일 것이다.

"어느 연인에게나 이별의 때가 오지. 우리에게는 지금이 그때일 뿐이야. 우리 삼촌이 없다면 당신은 허깨비에 불과하지. 당신도 말했잖아. 가평의 평화원이라는 고아 출신의 당신, 부모도 없고 재산도 없고 가진 거라곤 그나마 멀쩡한 허우대와 건장한 몸이 전부지. 서울기획의 부장이라는 직책이 사라진 당신은 과연 무엇일까?"

"뭔데?"

"그냥 날건달이지. 미래도 없고 희망도 없는 하자 인생!"

"그래서 이렇게 가차 없이 날 버리겠다는 건가?"

"서울기획의 한 자리를 차지하고 있다 보면 다른 일을 할 수도 있고 다른 채널로 바뀔 수도 있지만 서울 기획을 떠난 설태희는 무슨 희망이 남아 있을까?"

"무지막지하네."

"통장에 천만 원이 안 넘지?"

"팔백만 원 정도."

"내일 모레면 서른인데 집도 절도 없이 직업도 없이 딸랑 통장에 팔백? 내가 그런 남자랑 어떻게 연애를 하겠니? 이런 너를 어떻게 집에 데려다가 인사를 시킬 수 있겠니? 대학을 나오길 했니? 좋은 직장이 있니. 그나마 유일한 출세의 끈인 서울기획마저 이상한 늙은이를 구해준답시고 잘렸으니 너를 어쩌면 좋니?"

태희가 대답 대신 황망한 표정으로 뼈다귀 하나를 집어 들고 훑었다. 이런 헤어지는 비극적인 순간에도 배고픔을 견딜 수 없다는 것이 태희를 더욱 비참하게 만들었다. 한참 동안 먹고 나니 땀과 눈물이 얼굴에 흘러내리고 있었다. 은영은 밥과 해장국에 전혀 손을 대지 않고 있었다. 마침내 모든 음식을 먹어치운 태희가 말했다.

"네 말이 맞다. 내가 너를 위해 해줄 수 있는 것은 떠나주는 것이겠지? 내가 생각해도 너는 나한테는 맞지 않는 신발 같았어. 옷 몇 가지만 챙겨서 떠날게. 저 집도 네 삼촌이 해준 거고 나는 거기에 그냥 동거인으로 이름만 올린 거야. 그러니까 나중에 주민등록만 옮겨갈게."

"서울기획이 너를 구해줄 유일한 끈이었건만 ⋯. 굴러온 복을 찬 바보 새끼!"

은영이 계산을 하고 거리로 나섰다. 태희는 은영을 지나쳐서 뚜벅뚜벅 걸었다. 마지막 인사 따위는 하고 싶지 않았다. 한참을 걸어 방으로 온 태희는 캐리어에 옷을 챙겼다. 챙길 옷도 많지 않았다. 마지막으로 신발 몇 개를 가방에 넣고는 거리로 나섰다. 마땅히 갈 곳이 없었다. 밖으로 나오자 바람이 불기 시작했다. 아직은 제법 쌀쌀한 바람이다. 봄을 재촉하는 차가운 빗방울들이 온 천지에 강한 생명력을 흩뿌릴 모양이었다. 전철역을 향해 걸었다. 한참을 걸었다. 마침내 전철역이 눈에 들어왔다. 하지만 어디론가 가야 할 곳을 정해야 했다. 그런데, 우연인지 전철역 앞에 낯익은 한 사람이 보였다. 일모였다.

"이봐. 어디 갈 데가 그렇게 없었어?"

"그러네요."

"나한테 차 한 잔 사주면 내가 너를 힐링시켜준다."

"힐링이요?"

"그래, 힐링. 내가 볼 때 네놈은 지금 번아웃 증후군에 걸린 상태야. 다른 말로 표현하면 심리적 공황상태! 지금 계속해서 일자리를 찾아 일하다가는 머리가 터져 죽어버릴 거야. 그래서 나랑 같이 잠시 힐링하면서 인생 공부를 하다 보면 모든 병이 낫고 만사형통할 거야."

"고기잡이배에 팔아버리는 건 아니겠죠?"

"이놈아. 바다가 아니라 산이라잖아. 원주의 구룡사. 구룡사 밑의 금강암."

"그래도 저를 공짜로 재워주고 먹여주고 힐링에 인생 공부까지 시켜준다니 믿기가 힘들어 서요."

"공짜가 아니야. 차를 한 잔 사면되는 거야."

"뭘 사드리죠?"

"일단 가자."

두 사람이 주위를 살피자 빽다방이라는 커피전문점이 눈에 들어왔다. 두 사람은 나란히 그곳으로 들어갔고 태희와 일모는 의자에 앉았다. 일모가 말했다.

"나는 바나나 라떼로 부탁해."

"그러죠."

태희가 키오스크 앞으로 가서 뜨거운 바나나 라떼 두 잔을 주문했다. 말없이 앉아있을 때 마침 바나나 라떼가 나왔다. 태희가 두 잔을 들어다 한잔을 일모에게 건네고 한잔을 홀짝거리면서 마셨다. 일모가 말했다.

"저건 뭐라는 거냐? 늙은이들은 돈이 있어도 사 먹을 줄 몰라서 못 사 먹겠다."

"키오스크라고 해요. 알고 보면 사용법은 간단해요."

"그렇긴 한데 늙으니까 눈이 침침해서 화면이 잘 안 보여. 옛날에 다방 다닐 때가 좋았지. 다방의 레지가 얼마나 친절한지 몰라. 물론 그 대가로 다방의 모든 아가씨와 주방 아줌마까지 몽땅 커피를 돌린 적이 있지. 참 행복한 시절이었어…"

"정서가 칠십년대 아니 육십년대에 머물러 있군요."

"바나나 라떼를 먹으면 나한테 반하나?"

"설마 지금 이 개드립을 치신 겁니까?"

"라임이 기가 막히지. 설마 칠십 두 살의 일모가 이런 라임을 탈 줄 누가 상상이나 했겠어. 하 하 하 하"

태희는 일모를 바라보았다. 과연 이 노인을 따라가

서 힐링을 하면서 번아웃 증후군을 극복할 수 있을까? 그런 태희를 향해 일모가 누런 이를 드러내면서 히히 웃었다. 태희가 썩소를 날리면서 속으로 생각했다. 이것이 운명이라면 받아들여야겠지.

비트코인 삼국지

제 3부

외나무 다리를
건너는 늙은 소
한 마리

"바나나 라떼 한 잔으로 네 임무는 끝이다. 나머지
는 내가 한다."

"예?"

"내 뒤를 따르라."

일모가 휘적휘적 앞장을 섰다. 그 뒤를 엉거주춤
태희가 따라 걸었다. 길고 건장한 사내가 작은 노인
의 뒤를 따라 걷는 모습은 평범하지 않다. 약간의 부
끄러움, 뭐 그런 것이 스멀스멀 태희의 얼굴을 달아
오르게 하고 있었다.

"창피하냐?"

"우리가 보여주는 그림이 평범해 보이지는 않을
거 같아서요."

"인생이 원래 그렇다. 삶을 뜻하는 생이라는 한자
를 보면 소우(牛)자가 한일(一)자 위에 존재하지. 그건
소 한 마리가 외나무다리를 건너는 모습을 형상화한
글자다. 인생은 원래 독고다이지. 아슬아슬하지."

"독고다이? 그런 말도 할 줄 아세요? 그리고 소가

늙었다는 내용은 없는데요?"

"짜식이 내 라임을 보고서도 내 학문의 깊이를 몰라본단 말이야? 내 모습이 어때? 평범해 보이지가 않잖아. 겉볼안이라는 말이 있지. 너는 멍청한 데다 센스도 없구나. 우리를 바라보는 저 의아한 눈빛들은 5분도 지나지 않아 우리를 잊어버릴 것이다. 그건 지나가다가 바람에 흔들리는 나무를 보는 것처럼 평범한 일상이라는 거다. 누가 우리에게 다가와서 당신네가 만들어내는 이 풍경은 뭐요? 하고 묻는 사람이 없는 것과 같다. 그러니까 아무 의미도 없는 일로 얼굴이 달아오를 필요는 없지. 그리고 소가 좀 늙어야 처절한 느낌이 든다. 그래서 늙은 소라고 한 거지."

"입만 열면 달변이 줄줄 흘러나오는 군요. 대단한 재주네요."

"72년의 생을 이 입 하나로 먹고 살았다."

"존경합니다."

"지금은 그냥 비웃는 말투로 한 말이지만 앞으로 네놈이 가장 많이 할 말 일거다."

"제발 그러길 바랍니다."

앞서 걷던 일모가 갑자기 건물 뒤편의 주차장으로

향했다. 주차장에는 붉은색의 suv 한 대가 날아갈 듯
한 모양으로 주차되어 있었다. 일모가 품에서 무언가
를 꺼내더니 스위치를 눌렀다. 그러나 차가 부르릉
차하고 시동이 걸렸다.

"설마, 저 차?"

"내 애마다."

"반전도 이런 반전이 없네요. 보통 정상적이지 않
은 분들, 약간 맛이 간 분들은 가난한 법인데 내 예측
을 벗어나네요."

"내가 맛이 갔다는 거냐?"

"일반적인 사람은 아닙니다. 일단 입고 있는 옷도
평범하지 않죠. 게다가 다른 사람들은 관심도 없는
노동법을 개선하는 문제에 관심을 가지고 집회에 참
여하는 것도 그렇고 겉으로 보기엔 어디 길거리에서
각설이 타령을 20년 한 그런 가난한 관상인데 아직
비닐도 벗기지 않은 차를 타고 다니시니 그저 깜놀
입니다."

"노란색 아우디나 페라리를 사고 싶었는데 그러면
국세청 놈들이 세무조사하고 내 뒷조사할 것 같아서
평범한 차로 골랐다. 보통 절이나 암자는 다 산 꼭대

기 있어서 이차가 실용적이다. 오프로드 컨셉!"

"각설이 관상인데 재벌이신가요?"

"이놈아. 내 관상이 어때서 그러냐? 정치로 나섰다면 노태우 다음 대통령이 되었을 거고, 경제로 나섰으면 저커버그나 일론 머스크하고 삼각편대를 이루었을 것이다."

"내 예상을 항상 뛰어넘네요. 저는 정주영 이병철과 더불어 삼대 기업인이 되었을 거라 주장할 줄 알았는데 일론 머스크에 저커버그라니 도대체 정체가 뭐죠?"

"터럭 하나처럼 가벼운 존재. 이름하여 일모."

"승(僧)도 아니고 속(俗)도 아닌 걸 보니 도사 계열인가요?"

"이놈아. 뭘 자꾸 틀을 만들어 거기다 가두려고 하느냐. 그냥 평범한 소시민이다."

"말은 청산유수네요."

일모가 운전석에 앉자 태희가 얼른 옆자리로 올라탔다. 차 안에서는 향기로운 냄새가 은은히 풍기고 있었다. 코를 킁킁 거리던 태희가 물었다.

"향수 냄새 인가요? 보통 차량용 방향제 냄새는 아

니네요. 훨씬 고급지고 세련된 느낌입니다."

"콧구멍은 고급이구나. 이걸 알아채는 사람이 없었는데 말이다. 이 향수가 바로 아무아게라고 하는 향수다. 오만에서 만들어진 브랜드지."

"비싼가요?"

"3,500달러 정도 하니까 한국 돈으로 환산하면 470만 원 정도 되려나?"

"우와, 부자 인가 봐요?"

"돈이 많은 사람을 말한다면 맞다. 많지는 않고 쓸만큼 있지. 개인적으로 비트 코인하고 알트 코인에 한 삼십억쯤 박아뒀지. 5년 넘게 시세조차 확인하지 않으니까 없는 거나 마찬가지다. 쓰지 못하는 돈도 엄청나게 있다. 말로 표현하긴 그렇고 눈덩이처럼 구르며 커지고 있지. 그것은 이야기해봐야 구라라고 생각할 것이니 생략하겠다."

"허풍이 너무 심하시네요. 그나저나 통장에는 얼마나 있죠?"

"세무조사 나왔냐? 건물 하나 사고 땅 좀 샀더니 통장에는 한 300억 밖에 안 남았다. 완전 거지지."

"확인이 안 되니까 막 던지는 건 아니겠죠? 나중에

확인합니다. 조사하면 다 나와요."

"통장은 조사하면 나오겠지만 조사해도 안 나오는 게 암호 화폐다. 그러니까 조폭의 검은 돈이나 출처가 불확실한 돈들이 코인으로 변환 되어 있는 거다. 애초부터 그런 용도를 위해서 만들어지기도 했지. 이놈 이거 완전 경린이 아냐?"

"경린이요?"

"경제의 어린이를 말하는 거다. 헬쓰의 초보자를 헬린이라고 하는 것처럼 말이다. 아니, 그보다는 경알못이 낫겠다. 초보자는 발이라도 들여놓았지 네놈은 완전 경제 무식자잖아."

"할 말이 없네? 내 친구들 보면 돈 자랑만 하고 쓰지는 않는 짠돌이들도 있는데 그런 부류의 사람은 아니겠죠?"

"좋은 질문이다. IMF가 터졌을 때 노숙자들과 노인들을 지원하는 사람들이 줄어드는 바람에 그들이 굶게 생긴 적이 있었지. 그때 이름 없는 사람이 나서서 6개월간 전국의 50군데에 밥 차를 보내어 후원하던 이름 없는 사람이 있었지. 키가 작고 알록달록한 옷을 입은 중년인데 그게 누구였을까?"

"음…."

"수재 현장이나 화재 현장 대한민국에 재난이 생길 때마다 나타나서 몇 억씩 기부하고 사라지는 키 작고 머리숱 없는 날씬한 그 양반이 도대체 누구였을까? 내가 해마다 남을 돕는데 쓰는 돈이 10억이 넘는다면 아무도 믿지 않겠지?"

"그런 일을 왜 숨어서 해요? 왼손이 하는 일을 오른손이 모르게 하라는 그런 가르침을 실천하는 것인가요?"

"그건 아니다. 다만 나 일모는 터럭 하나처럼 가벼운 존재다. 돈이란 나눠 쓰라고 있는 것이다. 쓰지 않으면 그냥 무용지물이지만 좋은 일에 썼을 때 빛이 나는 것이 재물이다. 그리고 내가 내 이름을 알리는 것을 원치 않는다. 내 생활신조하고 맞지도 않고 또 귀찮게 기자들이 인터뷰나 하려고 할게고 잘못하다가는 정부에서 세무조사를 나와 세금폭탄을 맞을지도 모르지. 그러니까 그냥 내가 받은 걸 돌려주는 것이다."

"오오, 그렇다면 노블리스 오블리제를 실천하는 그런 분이로군요. 존경합니다."

"존경은 개뿔, 다만 세상의 이치가 그렇다는 것이다. 받은 만큼 돌려주지 않고 쌓아두면 그것은 재물이 아니라 재앙이 되어 자신을 지옥으로 끌고 갈 것이다. 부자가 천국에 들어가지 못한다는 그런 이야기가 왜 나왔겠느냐? 고통 받는 이웃을 외면한다면 어찌 그자가 천국이나 극락이나 그런 데를 갈 수 없지 않을까 싶다."

차가 출발했다. 갑자기 뻐근한 통증 하나가 가슴을 때렸다. 사랑이라고 믿고 있던 은영이의 따스한 미소가 미치도록 그리웠다. 촉촉한 입술, 따스한 가슴, 그리고 코끝을 간질이던 은은한 향수 냄새, 그리고 가끔씩 던지는 독설, 그 모두가 그립다. 하지만, 이제는 그녀를 다시는 볼 수가 없다.

"사랑은 버스와 같은 거다. 가고 나면 기다리지 않아도 새로운 차가 오지."

"별로 위로가 안 되네요."

"위로 따위는 할 줄 몰라. 그저 진실을 말할 뿐이지."

그러다가 태희가 화들짝 놀라서 물었다.

"내가 헤어진 여자 친구 생각하는 건 어떻게 아셨어요?"

"눈가가 아련하고 목소리에 감정이 실려 촉촉한데 어떤 바보가 그걸 모르겠느냐? 그 아이가 은영이라고 했지? 내가 볼 때 그 아이는 네 인연이 아니다. 몇 번의 생애가 반복되는 동안 그 아이는 너에게 도움이 되지 않는 아이였다. 도움이 되기는커녕 너를 곤경에 빠지게 했지. 네가 누명을 쓰고 쫓길 때 기방에서 나와 술 마시는 너를 발견하고 관아에 고발하여 현상금 백 냥을 받아 챙긴 아이가 바로 그 아이였다. 그때 그 아이의 이름이 은선이었다. 더 큰 뒷통수를 맞기 전에 그 정도로 끝난 것이 천만다행이야. 깨끗이 잊어버려라. 시간이 지나면 새로운 인연이 나타날 것이다…. 근데 그 아이가 우리나라 아이가 아닌 것 같은데."

"참 말 같지도 않은 말씀을 잘도 갖다 붙이네요."

"너는 몽환의 잠에서 깨지 못한 까닭에 들어도 듣는 것이 아니고 보아도 보이는 것이 아니다. 그런 걸 일러 청맹과니라고 한다. 멀쩡하게 눈을 뜨고 있지만 보지 못하는 것을 말함이니 당달봉사라고도 한다."

"오늘 공부 많이 하네요. 제가 검정고시 출신이라 공부를 하다 말아서 잘 모르는데 지금 하는 말이 맞는지 틀리는지 구별할 길이 없네요. 하여튼 개드립의 끝판왕이시네요."

한 시간쯤 지나자 완전히 서울에서 벗어난 상태가 되었다. 일모가 창문을 내리자 봄을 재촉하는 대자연의 향기가 훅하고 밀려 들어왔다. 대지는 싱싱했다. 길가로 늘어선 플라타너스 잎들은 생명력이 넘쳐나고 있었고 산과 들에는 온통 봄빛이 완연했다. 자꾸만 눈물이 났다. 인연을 이어가지 못하는 은영이 생각에 코끝이 찡했고 그동안 서울기획에서 마음고생을 하던 일들이 다 부질없다는 생각이 들었다. 죄 없는 시위자들을 향해 쇠파이프와 야구 배트를 휘두르고 온 날은 오래도록 잠을 이루지 못했었다. 하지만 자신이 실업자로 돌아서거나 서울기획을 그만두게 되면 은영이를 만날 수 없기에 전전긍긍하면서도 서울기획을 떠날 수 없었다. 이렇게 은영과 이별하는 거라면, 서울기획 따위는 금방 떠났을 것이다. 꽤 많은 월급과 보너스를 받았지만, 항상 죄책감에 짓눌리던 시간이었다.

"공부하다 보면 너를 옭아매던 것들이 얼마나 보잘것없는 것들이었는가를 알게 될 것이다. 당분간은 마음을 비워내는 데 전념해라. 너무 오랫동안 방치가 되었구나. 네 마음의 병이 생각보다 심각하구나. 중증이야! 중증! "

까무룩 잠이 들었다. 아주 혼곤한 잠이었다. 그를 깨운 건 낯선 노인의 음성이었다.

"일어나라."

눈을 뜨자 태희는 일모가 운전하는 옆 좌석에서 코까지 골면서 혼곤한 잠속에 빠져 있었던 것이었다.

"다 왔나요?"

"눈이 아파서 운전하기가 힘들다. 담배 한 대 피고 가자."

"담배도 피우세요?"

"왜 너는 피우면서 나는 담배 안 피울 거라 생각한 거야?"

"수도하는 사람이라면 술 담배는 안 하는 줄 알았는데요? 제가 금강암에 가서 공부를 한다고 해도 술 담배를 못 하게 하지는 않겠군요."

"기호식품이라고 할 수 있지. 술도 담배도 본인의 의지대로 하는 것이지 누가 마시지 마라. 피우지 마라. 할 권한은 누구에게도 없지."

"그런데 제가 뭐라고 부를까요? 사부님이 어때요?"

"난 너를 제자로 받을 생각이 없다."

"딱히 부를 호칭이 없으니까 그냥 사부님이라고 부를게요."

"좋다. 담배나 피자."

그곳은 휴게소가 아니라 졸음쉼터라는 팻말이 붙어있는 곳이었다. 일모가 차를 세우고 밖으로 나갔다. 태희가 담배를 챙겨 들고 나가서 자신이 한 개비를 입에 물고 다른 담배 하나를 내밀었다. 일모가 담배를 받아서 입에 물었다. 그리고 입을 내밀었다. 불을 붙여 달라는 뜻으로 보였다. 태희가 라이터를 켜서 담뱃불을 붙여주고는 자신의 담배에도 불을 붙였다. 그리고 거리를 바라보면서 담배를 피웠다. 일모가 몇 모금을 빨더니 재떨이로 다가가 침을 뱉고 담배를 비벼 껐다.

"맛이 없어 못 피우겠다."

"그래요?"

"너 차에 가면 다시방 있지. 다시방에 보면 시가가 있을 거다. 그걸 꺼 내와라."

"다시방이 뭡니까?"

"다시방이 다시방이지 뭐냐? 넌 다시방이 뭔지도 몰라?"

"모릅니다."

"차 운전석 옆에 보면 서랍이 있지. 그걸 다시방이라고 한다."

"대시보드라고 하죠."

"하여튼 거기 보면 시가 한 갑 있으니까 꺼 내와라."

태희가 차를 향해 걸어가서 문을 열어보니 잠겨있었다. 일모가 멀리서 스위치를 누르자 딸깍 하고 차문이 열렸다. 차문을 열고 대시보드를 열었다. 아주 고급스러운 시가 상자가 보였다. 엄청난 양이었다. 살짝 열어보니 구수한 냄새가 코를 찔렀다. 한 상자에 100개가 들어 있었다. 두개비를 꺼내 들고 와서 일모에게 건네자 일모가 시가 하나를 입에 물고 다른 하나를 내밀었다. 태희가 받아들었다. 보통의 시가보다 엄청 굵고 엄청 길었다. 일모가 라이터를 켜서 태희에게 붙여주고 자신의 시가에도 불을 붙였다. 태희가 한 모금 빨자 머리가 핑 돌면서 아득한 느낌이 들었다. 독하면서도 진한 시가 연기가 한참 동안 머릿속들 배회하는 느낌이 들었다.

"뱃속에 기름기가 없으면 독할 거다. 더군다나 너는 이 블랙 드래건은 처음이지?"

"블랙 드래건이라면 검은 용인가요? 이름이 멋지네요. 이것도 비싸겠죠?"

"비싼 게 맞다. 비싸긴 한데 돈 많다고 다 사는 건 아니다."

"얼마나 하는데요?"

다시 힘차게 한 모금을 빨자 불꽃이 푸르스름하게 피어올랐다가 사라져갔다. 독한 연기가 가감 없이 그대로 뇌 속을 질주했다. 핑 돌면서 잘 적응이 되지 않았지만, 맛은 기가 막혔다. 일모가 한 모금 길게 빨아 마시더니 코로 뿜어내면서 태희에게 말했다.

"정식 명칭은 구르카 블랙 드래건이라고 하지. 100개들이 한 상자에 11만 5000달러지. 개비로 환산하면 한 개비에 127만 원 정도 한다. 그거 반쯤 피우고 꺼버리면 60만 원을 버리는 거라고 생각하면 된다. 꺼서 보관했다가 다시 피워야 한다."

"알겠습니다. 도대체 사부님은 정체가 뭡니까?"

"경제적인 자유를 득한 일반인 일모."

"주민등록상 이름은 있겠죠? 일모는 호나 닉네임

이나 그런 거겠죠."

"그런 거는 알 필요 없다. 때가 되면 저절로 알게 된다."

"깃털처럼 가벼워서 일모라면서요?"

"깃털처럼 가볍기 위해선 경제적인 자립이 필요하다. 너란 놈만 보아도 돈이 없으니까 먹고 살려고 권력에 빌붙는 주먹으로 살잖아. 돈이 아니라면 네가 그 일을 했을까?"

"사부님 말씀이 지당하십니다. 사부님처럼 저도 자유롭고 싶습니다."

"나랑 있는 동안은 경제적인 자유를 득할 것이다."

"존경합니다. 사부님."

한참동안 담배를 피운 일모가 삼분의 일쯤 남은 담배를 비벼 끄더니 손가락으로 허공을 향해 툭 튕겼다. 허공을 날아간 담배꽁초는 길가에 세워진 재떨이에 멋지게 들어갔다.

"비싸서 아껴 피워야 한다면서요?"

"너는 얻어 피는 놈이니까 그렇고 나는 너처럼 궁상맞을 필요가 없지. 이런 비싼 담배는 나만 피우는 거다. 가끔 기분이 좋으면 한 개비씩 주긴 할 거다.

비트코인 삼국지

넌 네가 피우는 레종을 피우면 된다."

"알겠습니다. 저는 송충이니까 솔잎을 먹어야지요."

"가자."

태희는 정성스럽게 시가를 비벼 꺼서 휴지로 싸고 다시 종이로 감싸서 주머니에 넣었다. 그리고 조수석의 문을 열려고 하자 일모가 말했다.

"운전 할 줄 알지?"

"네, 압니다."

"네가 운전해라."

"저는 지리를 모르는데요?"

"네비양이 알아서 안내할 거다."

"알겠습니다. 원하신다면 충실한 기사로 쓰셔도 됩니다."

"알았다. 가자."

한참 동안을 더 달린 차는 마침내 목적지에 도착했다. 목적지는 인가도 사람도 없는 어두운 산 아래의 공터였다. 공터에 차를 대자 일모가 문을 열고 내렸다. 태희가 따라 내렸다. 일모가 어둠에 잠긴 산의 중턱을 가리키면서 말했다.

"금강암은 저기쯤 있다. 여기부터는 차로 갈 수 없

으니 걸어가야 한다."

일모가 휘적휘적 걸어서 산길을 탔다. 태희가 얼른
차에서 캐리어를 꺼내어 어깨에 멨다. 무게가 만만치
않았다. 휘적휘적 걷는 일모의 발걸음은 빨랐다. 길
은 험했고 온통 가시밭길이었다. 제대로 된 길도 어
둠 때문에 보이지 않았다. 한참을 올라간 일모가 아
직도 땀을 뻘뻘 흘리면서 뒤 따라오고 있는 태희를
향해 말했다.

"여기가 금강암이다. 여기서 한 십리 쯤 가면 구룡
사가 있지. 거기는 갈 필요가 없다. 다만 내 주소지를
거기다 옮겨놔서 우편물을 찾으러 갈 때가 아니면
갈 필요가 없다."

산 중턱에 작은 동굴이 보였고 동굴 입구는 가마니
로 엉성하게 문을 만들어 놓은 것이 보였다.

"저기서 산다고요?"

"궁궐 같은 호텔을 기대한 건 아니겠지? 전기도 들
어오고 안에는 꽤 넓다. 저쪽 뒤편으로 운동하기 좋
은 공터도 있다."

일모가 거적때기 같은 가마니를 손으로 밀고 안으
로 들어갔다. 태희는 가만히 서서 캐리어를 내려놓았

다. 그리고 주머니에서 시가를 꺼냈다. 캐리어를 바닥에 내려놓고 그 캐리어 위에 앉아 시가에 불을 붙였다. 한참의 시간이 흘렀다. 마침내 손가락이 뜨거워질 때까지 시가를 피웠다. 10분도 안 되는 시간에 60만 원을 연기로 날려 보낸다고 생각하니 무척 아깝다는 생각이 들었다. 문득 경제란 무엇일까 하는 생각이 들었다.

"안 들어오고 뭐하냐?"

일모가 엉거주춤한 표정으로 거적때기를 들추고 걸어 나왔다. 태희가 대답했다.

"연기로 60만 원을 10분만에 날려버리는 중입니다. 도대체 돈이란 무엇일까요?"

일모가 대답했다.

"인도의 뭄바이라는 도시에 가면 대형 빨래터가 있고 하루종일 웃통을 벗고 빨래를 하는 빨래 노동자들이 있지. 그들의 한 달 급여는 500루피란 말이다. 2011년에는 빨래꾼 400명이 한 번에 빨래를 하면서 기네스북에 도비 가트라는 빨래터가 등재되기도 했지."

"500루피면 한화로 얼마나 하죠?"

"우리 돈으로 환산하면 8,000원 정도에 불과하다. 인도의 식당에서 밥을 두 번 사 먹고 음료수를 사 먹으면 드는 돈이다. 그들이 평생 거기서 벗어날 수 있을까? 네가 허공으로 뿜어댄 60만 원의 연기는 그들이 6년의 월급을 한 푼도 안 쓰고 모아야 가능한 돈이지."

"도대체 이 세상은 뭐죠? 나는 세상의 단편만 본 건가요? 왜 부자와 가난한 자로 나뉘어서 살아가는 거죠."

"아직 배워야 할 것이 많다. 부조리를 보기 시작했다면 더 많은 부조리를 보아야 세상이 어떻게 돌아가는지 알게 될 것이다. 절차탁마라! 부딪히고 단련하다 보면 자연스럽게 세상의 이치를 알 시간이 찾아온다. 그때까진 기다려야지…. 앞으로 네놈이 기거할 공간이다. 어서 들어와라."

거적때기를 들추고 안으로 들어섰다. 백열전구 하나가 동굴 입구의 허공에 떡하니 걸려 있었다. 중앙 통로는 10미터가 넘어 보였고 양쪽으로 작은 토굴처럼 움푹 팬 또 다른 동굴이 몇 개 보였다.

"여기가 네가 기거할 금강암이다. 이 안에는 다섯

개의 침실이 있다. 정면 끝에 하나, 그리고 양 옆으로 두 개씩이다. 네가 머물 곳은 정면에 보이는 일 번 동굴이다. 나는 입구인 오번 동굴에 거주한다. 안에는 석실이고 침대와 책상이 하나씩 있다. 가서 짐을 풀도록 하라."

"알겠습니다."

태희가 캐리어를 들고 천천히 걸었다. 순간, 환영처럼 늙은 소 한 마리가 떠올랐다. 늙은 소 한 마리가 외나무다리를 건너는 모습이었다. 늙은 소는 자신이었다. 태희는 조심스럽게 외나무다리를 건너 문이 없는 동굴 입구에 이르렀다. 그리고 캐리어를 들고 안으로 들어섰다. 턱이 있었고 턱 위에 꽃무늬의 장판이 깔려있었다. 신발을 벗고 안으로 들어서니 작은 책상 하나와 침대, 그리고 불빛이 꺼진 전구 하나가 눈에 들어왔다. 전구에 손으로 돌리는 스위치가 있었다. 스위치를 켜자 환한 불빛이 격하게 태희를 반겼다. 안녕, 어서 와, 동굴이 대답했다. 늙은 소야. 외나무다리를 건너온 늙은 소야. 어서 와라.

생(生)의 다른 한 자락이 그곳에 펼쳐지고 있었다. 덤벼라! 운명아.

제 4부

눈을 뜨고
꿈을 꾸는
白日夢백일몽

금강암은 피난처라고 할 수 있을 정도로 완벽한 태세를 갖추고 있었다. 몇 년 정도는 세상 밖으로 나오지 않아도 생활하기에 충분했다. 우선 동굴 속에 흐르는 천연수는 미네랄과 철분을 다량으로 소유한 양질의 물이었다. 일모가 물의 성분을 의뢰했고 식음수로 적합하다는 아니 상당히 우수하다는 통보를 받았다. 물은 바닥을 통해 외부로 흘러갔고 먹기 충분한 양이었다. 커다란 고무 통에 물을 받으면 씻고도 남음이 있었다. 동굴 한쪽 벽에 쌓아놓은 40kg의 쌀이 수십 자루가 있었다. 라면도 몇 박스나 있었다. 원주 시내에서 공수해 온다는 김치도 맛이 아주 좋았다. 원래 먹성이 좋은 태희지만 운동과 다이어트를 위해 소량의 음식을 먹었다.

일모는 아무것도 강요하지 않았다. 그냥 묵묵히 자기가 하던 대로 생활을 했다. 태희는 아예 없는 사람 취급을 했다. 식사도 혼자 알아서 먹고 묻는 말에도 잘 대답을 하지 않았다. 마을까지는 걸어서 한 시간 정도의 거리였다. 가끔 담배를 사러 내려갈 뿐 딱히 내려갈 일도 없었다. 며칠간 늘어지게 잠만 자던 태희는 책을 꺼냈다. 시간 날 때마다 수련하던 무술 교본이었다. 토착 무술과 정도술, 택견 등의 교본이었다. 밖으로 나가 동굴 앞 공터에서 웃통을 벗고 운동을 시작했다. 오래도록 동굴 밖으로 나오지 않은 까닭에 햇살이 눈이 부실 지경이었다. 웃통을 벗고 몸을 풀고 여러 가지 동작들과 발차기를 수련했다. 시간이 후딱 지나갔다. 배가 고팠지만, 일부러 참으면서 수련을 계속해 나갔다. 해가 지면 다시 동굴로 돌아왔다. 일모가 던져준 경제 서적을 읽었다. 하지만 배움이 짧은 태희는 이해하기가 힘들었다. 그냥 읽었다. 읽다가 집어 던졌다.

"이야기 좀 해요."

어느 날 무료함을 견디지 못한 태희가 일모에게 소리쳤다. 일모가 대답했다.

"무슨 이야기를 할까? 잠들기 전에 너를 잔인하게 차버린 은영인가 뭔가 하는 아이를 생각하면서 훌쩍이고 문자를 보내고 기다리고 카톡을 보내고 무슨 공부를 할지 몰라 무협 소설만 읽어대는 너를, 네가 진짜 필요한 게 무엇인지 모르는 너를, 천둥벌거숭이 같은 너를 밥만 축내면서 스스로를 학대하는 너에 대한 이야기, 아니면 또 다른 스토리…"

"사부님이라면 뭘 가르쳐야 하잖아요. 일인 전승 뭐 그런 거잖아요. 가르칠 거 많잖아요. 무술을 가르치던지 내가 공부가 짧으니까 고등학교를 중퇴한 돌대가리니까 정규과정을 가르쳐서 검정고시를 치게 하거나 아니면 공부를 시켜서 학력고사를 치게 해서 늦게라도 대학에 입학하게 해준다거나 뭐 하여튼 그런 거 있잖아요."

"너에게는 무한한 자유가 있다. 공부의 핵심은 스스로 공부하는 것이다. 이른 바 자기 주도적 학습! 내가 아무런 전제조건 없이 먹여주고 재워주고 스스로 공부할 기회를 주었는데 너 스스로 나의 밑으로 무릎을 꿇는 것이냐?"

"앞이 보이지 않아요. 뭘 해야 하는지 모르겠어요."

"며칠만 생각해 봐라. 내가 생각해 놓은 게 있는데 네가 나와 같은 결론에 도달한다면 우리가 의기투합하는 날이 오고 인생이 아주 재미있어질 것이다. 바로 눈 앞에 찬란한 미래가 열리는데, 그 전날 파투를

비트코인 삼국지

내는게 인간이다."

라면 한 봉지를 꺼내면서 일모가 태희에게 물었다.

"오늘 저녁은 라면에 소주 어떠냐?"

"좋죠. 맨날 사부님 혼자 드시고 저는 사부님이 먹다 남긴 밥에 국에 라면 국물에 그렇게 먹었는데 오늘은 어쩐 일이죠?"

"네 녀석이 하도 외로워 보여서 위로해 주려 한다."

"상당히 바람직한 현상입니다. 그런 면도 있으시군요."

태희가 약간 비꼬는 투로 이야기를 한다. 일모가 냄비에 불을 붙여서 물을 끓이기 시작했다. 잠시 후에 물이 끓기 시작하자 라면을 뜯어 스프를 탈탈 털어 넣었다. 태희가 물었다.

"전기는 어디서 끌어온 거죠?"

"구룡사에서 끌어다 쓴다."

"전기세는 내시는 거죠?"

"계량기를 따로 달아 놓아서 나오는 액수를 정확하게 지불하면 된다. 내 앞으로 고지서가 날아오고 내 통장에서 자동으로 빠져나가고 있다."

"쌀이랑 반찬거리 같은 건 무슨 돈으로 사시는 거

죠?"

"잘 알잖아. 내가 좀 돈이 많아. 저번에 이야기 안 했나?"

"이제 생각이 났어요. 사부님한테 배울 것은 경제적인 자유를 득하는 거, 그걸 배우고 싶어요. 돈으로부터 자유로워지고 싶어요. 전에 돈이 얼마 정도 있다고 했죠?"

"천억 대에는 못 미치지만 몇 백 억대는 될 거라 생각한다. 뭐 사실 백억이 넘어가면서 세는 게 의미 없어서 그냥 잊어버리고 산다."

"비트코인도 있다면서요? 저는 솔직히 그 쪽은 잘 모릅니다만⋯."

"내 개인 재산은 이삼백 억쯤 될 거고 공동재산으로 무지막지한 돈이 있다. 지금 가치로는 환산할 수 없는 천문학적인 돈이지. 아주 예전에 1조 2천억을 박아 놓았는데, 가격이 계속 오르고 있으니⋯. 그건 내 것도 아니지만 또 남의 것도 아니지. 나는 그것을 찾아야 할 의무가 있다. 그것이 내 생애에 마지막으로 이루어야 할 임무다. 라스트 미션."

"라스트 미션! 그것 영화 제목 같은데요. 그건 그렇

비트코인 삼국지

고. 조 단위? 도대체 그게 가능한 건가요? 그렇게 돈이 많은 사람이 왜 이렇게 습기 차고 구질구질한 동굴 속에서 라면이나 끓여 먹으면서 이렇게 시간을 죽이면서 시시하게 살아가는 거죠?"

"돈이 없다면 이짓도 못한다. 도시든 전원이든 돈이 있어야 사람 구실을 하는 법이다."

"휴, 그렇긴 하네요. 저도 돈 벌려고 서울기획에서 죄 없는 서민들 두들겨 패면서 살았지요. 산동네 철거할 때는 포크 레인으로 집을 부수는데 집안에서 사람 소리가 나는 겁니다. 포크 레인 기사가 포크 레인을 멈추고 우리를 향해 안에 사람이 있으니 끌어내 달라고 하는 겁니다. 마침 사람이 없어서 내가 야구방망이를 들고 안으로 뛰어들었지요. 서른 살쯤 된 아가씨하고 고등학생으로 보이는 여동생, 그러니까 두 명의 자매가 서로 끌어안고 못 나간다고 울고 있는 겁니다. 일단 야구 배트로 언니의 등짝을 후려 팼죠. 세 개 때릴 수가 없어서 시늉만 한다고 했는데 퍽, 소리가 나는 겁니다. 나는 두 여자의 머리채를 동시에 잡고 끌고 나왔죠. 그런데 아가씨가 내게 말하는 겁니다."

"잠깐, 금강산도 식후경이다. 먹으면서 이야기를 이어나가자."

일모가 라면 냄비를 상위에 놓고 태희는 냉장고에서 김치와 소주를 꺼냈다. 소주는 차게 얼어 있었다. 젓가락을 준비해 들고 동굴의 중앙으로 갔다. 바닥에 내려놓고 목욕탕에서 쓰는 의자를 하나씩 끌어다 앉고 라면을 먹기 시작했다. 라면을 먹으면서 태희의 말이 이어졌다.

"양아치네."

잠시 침묵이 흘렀다. 일모가 물었다.

"그게 그렇게 충격적인 말인가? 듣기에 따라서는 그냥 웃어넘길 정도의 단어로 들리는데?"

"물론 그랬죠. 그런데 말입니다. 집에 와서도 자면서도 그 이튿날이 되어서도 그 여자의 음성이 들리는 겁니다. 양아치, 양아치가 도대체 무슨 뜻이지? 사전을 찾아보고 친구들에게 물어봐도 정확한 뜻은 알 수가 없었죠. 다만 행동이 저속하고 천박한 사람을 일컫는 말이라는 것 정도는 알죠. 내가 양아치였던가?"

"물론 욕도 많이 먹었죠. 차라리 쌍욕을 하고 악을

비트코인 삼국지

썼더라면 쉽게 잊었을 겁니다. 그런데 그 여자는 입꼬리를 씰룩이면서 비웃듯이 딱 한 마디만 했어요. 양아치네"

"너는 이상한 포인트에서 충격을 받는구나. 뭐 이해는 한다."

"세상 구경이 하고 싶어요."

일모가 피식 웃고는 대답했다.

"너 여기 온 지 아직 한 달도 안 된 거 알아?"

"압니다."

"절에는 구애나 걸림이 없다. 물론 여기는 절이 아니지만, 여기도 걸림이 없다. 네가 가고 싶으면 언제든 떠나고 돌아오고 싶으면 언제든지 오면 된다. 단지, 내 허락이 있어야 한다. 그건 알겠지?"

"네, 그래서 말씀드리는 겁니다."

"돈이 필요하겠구나. 네가 얼마나 어디로 외출할지는 모르지만 돈이 필요할 것이다. 내가 용돈을 주도록 하지."

"저에게도 돈은 좀 있습니다."

"그 태도가 좋다. 공돈이라면 사족을 못 쓰는 사람이 있지. 하지만 알아야 할 것이 있다. 세상에 공짜는 없다. 물론 내가 주는 돈도 공짜는 아니다. 너와 내가 하나로 묶인 것을 의미하는 돈이고 네가 장차 나를 위해 해줄 일이 있어서 주는 거다. 앞으로 너가 결정적으로 날 도울 시간이 다가오고 있다. 라스트 미션이 완성되는 날. 태희야! 언제 나갈 작정이냐?"

"지금 당장 나갈 겁니다."

"그런 태도 좋다. 조문도 석사가의(朝聞道 夕死可矣)라고 아침에 도를 통하면 저녁에 죽어도 좋다, 라는 말이 있지. 서두를 필요도 없지만 결정된 일이라면 머뭇거릴 필요도 없다."

일모가 품속에서 오만 원 지폐 스무 장을 세어서 태희에게 건넸다. 태희가 받아들고 동굴을 나섰다. 몇 발자국 걸었을 때, 일모가 뒤통수에 대고 소리쳤다.

"도화살을 맞을 수 있겠다. 여자를 조심해라. 여자가 네 뒤통수를 칠 것이다."

태희가 대답했다.

"제가 만날 여자는 그런 여자가 아닙니다."

대답이 없었다. 돌아보니 일모는 이미 동굴 속으로 돌아간 상태였다. 도화살이라는 게 무엇일까? 성적인 이유로 화를 당하는 것을 의미하는 것 일게다. 태희는 천천히 걸어서 마을로 내려왔다. 그리고 서울행 버스를 타고 생각에 잠겼다. 서울로 간다고 해도 그를 반겨줄 이는 아무도 없었다. 그래도 가보고 싶었다. 그가 떠난 지 얼마되지 않았지만 서울은 그가 떠나고 돌아오는 일에 전혀 관심이 없을 것이다. 너무 늦게 출발한 까닭에 차에 올랐을 때 이미 어둠이 세상을 지배하기 시작했다. 내려올 때도 마찬가지였다. 어둠이 막 세상을 집어삼키려 할 때 반항하듯이 세상은 불야성으로 맞섰고 그는 차창을 통해서 불야성이 만들어내는 황홀한 풍경을 감상하고 있었다. 바람이 불었다. 아직은 공기가 차갑다. 빗방울이 흩뿌리기 시작했다. 서울역에 내렸을 때 잠시 어리둥절했다. 어디로 가야 하지? 은영이가 제일 보고 싶었고 서울기획의 동료들이 보고 싶다. 하지만 그들을 만날 수는 없었다. 태희는 가까운 모텔에서 머물기로 하고 편의점에서 소주 한 병과 새우깡을 샀다. 흩날리던 빗방울이 점점 굵어지면서 바람이 불었다. 도화살은 개뿔, 오늘도 혼자 자게 생겼구나. 서울이나 원주의 금강암 동굴 속이나 다를 것이 없었다. 그저 한없이 외롭고 쓸쓸한 시간이 한없이 늘어져 있는 느낌이었다. 그러자 은영이 생각이 떠오른다. 그녀의 체취가 그립다.

차라리 동굴 속이 편했다. TV를 보았지만, 도저히 집중할 수가 없었다. 금강암에서 머무는 동안 TV가 무척이나 그리웠다. 평소에 즐겨 보는 편이 아닌데도 묘한 박탈감이 태희를 허전하게 했다. 하지만 막상 TV를 켜는 순간, 모든 화면이 낯설게 느껴지기 시작했다. 드라마도 예능프로도 집중이 되지 않았다. 한참을 돌리다가 그냥 아무 채널이나 맞춰놓고 사 온 소주를 마시기 시작했다. 새우깡은 오랜 단골 메뉴였다. 새우깡을 먹으면서 소주를 마셨다. 한 병을 다 마시고 두 병째를 시작했다. 종이컵에다 따라 마시다가 종이컵을 쓰레기통에 던져 버리고 병나발을 불기 시작했다. 두 번째 병의 소주를 반 이상 마셨을 때 몽롱해지기 시작했다. 더웠다. 웃옷을 벗어 던졌다. 다시 한 모금을 들이키고 새우깡을 하나 집어 들고 반을 깨물어 먹었을 때, 아찔한 현기증이 일었다. 속이 울렁거린다.

"뭡니까?"

혼자 중얼거리다 문득 고개를 드니 사막의 도시에

있었다. 작은 마트 앞에 펼쳐놓은 파라솔 아래서 담배를 피우고 있었다. 멀리서 비행기가 지나가는 굉음이 들렸다. 이건 꿈일 거야. 그러나 꿈이 아니었다. 왜? 나는 여기 있을까? 요즘 신기한 경험들을 많이 한다. 일모를 만나면서부터 자꾸 새로운 세상이 노크를 한다. 문득 그런 생각에 이건 꿈일 거야. 분명해, 라고 속삭였다. 콧속으로 사막의 매캐한 먼지 바람이 사정없이 들어왔다. 한참을 기침을 해대다가 다시 들고 있던 담배를 한 모금 빨았다. 이 먼지보다는 이 담배 연기가 나을까? 더워서 견딜 수가 없었다. 열사의 사막이라는 표현이 떠올랐다. 이 열렬한 고독 가운데 옷자락을 나부끼고 호올로 서면, 서정주의 시 귀절 하나가 머리를 맴돌았다. 생명의 서였던가? 생명이라, 그때 멀리서 한 사내가 느릿느릿 걸어오는 것이 보였다. 뭐지? 사내는 중동사람 특유의 턱수염과 긴 머리카락을 지니고 있었다. 덜렁거리면서 무엇을 들고 오다가 어디선가 나타난 경찰관을 향해 사내가 하이, 라고 하면서 손을 흔들었다. 경찰관이 사내의 손에 들린 것을 보더니 화들짝 놀랐다. 두 사람이 천천히 태희에게로 다가왔다. 아니 태희에게로 다가오는 것이 아니라 태희가 앉아있는 파라솔 옆에 다른 파라솔 아래 자리를 잡고 앉았다. 아, 태희는 충격과 공포로 속이 메스껍다. 사내가 덜렁거리면서 들고 오던 물체를 바라보고는 기절할 정도로 충격을 받았다. 그것은 여인의 머리였다. 사내는 머리카락을 들고 잘린 수급을 덜렁거리면서 경찰관을 향해 걸어왔던 거다. 그리고 지나가는 경찰관을 부른 뒤 이곳 작은 마트로 온 것이었다. 역한 피비린내가 코를 찔렀다.

"당신, 도대체 무슨 짓을 하는 겁니까?"

태희가 사내를 향해 소리쳤지만 실상 가까워 보이던 거리와는 달리 엄청나게 멀다는 느낌이 들었다. 태희의 음성은 바로 옆 파라솔 아래 있는 한 남자와 경찰관에게는 닿지 못하고 있었다. 그때 사내의 음성이 들렸다.

"이 아이가 집안에서 반대하는 남자랑 도망가서 몰래 결혼을 했어요. 나와 아버지가 이 아이를 찾아 헤매다가 마침내 이 아이가 사는 집을 찾아냈고 마침내 떨어진 가문의 명예를 회복하는 명예살인을 한 겁니다. 뱃속에는 아이도 있었지요. 경찰관님도 이해하실 겁니다. 저는 이 수급을 들고 자수를 하러 가는 길입니다. 아 그런데 담배 하나만 빌릴 수 없을까요? 아까부터 담배가 너무 피고 싶었습니다."

경찰관이 웃으면서 담뱃갑을 내밀었다. 사내가 수급을 바닥에 내려놓았다. 바닥에 있던 개미들이 피 냄새를 맡고 몰려들기 시작했다. 사내는 신경도 쓰지 않고 경찰관이 내미는 담배를 받아서 입에 물고 라이터로 불을 붙였다. 두 사람은 마주 보고 앉아 농담을 하면서 담배를 피웠다.

"우리 가문의 명예를 먹칠한 계집입니다. 고통은 없었을 겁니다. 놀라서 쳐다보는 순간, 내가 쿠크리로 목을 뎅강 날렸지요. 이 문제를 해결하니 마음은 편합니다."

"저는 다른 볼일이 있어 이 일은 처리할 수 없고, 경찰서 가는 길은 아시죠?"

"바쁘시군요. 하지만 이일도 빨리 해결해야 할 문제 중 하나 일텐데 말입니다."

"저 남자는 누구죠?"

두 사람이 동시에 태희를 돌아보았다. 태희는 두 사람을 노려보았다. 뜨거운 열기가 온몸과 영혼을 감싸고 있었다. 살인자들, 살인자에게 담배를 내미는 경찰관과 잘린 누이의 머리를 옆 테이블에 놓고 담배를 피우는 남자나 다 정상적으로 보이지 않았다.

"무슨 남자?"

경찰관이 고개를 갸웃거리면서 말했다.

"아까 아시아인으로 보이는 남자가 앉아서 담배를 피우고 있었는데?"

남자가 대답했다.

"아무도 없었어요. 경찰관님도 기력이 허한 모양입니다. 몸보신이라도 해야겠어요."

두 사람이 일어섰다. 경찰관이 걸어가자 사내가 경찰관을 향해 익살스러운 표정으로 경례를 했다. 귀찮은 표정으로 대충 경례를 받은 경찰관이 걸어가자 사내가 잘린 머리를 들고 일어났다. 개미 열댓 마리가 투 투 툭, 바닥에 떨어졌다. 으아아, 태희가 소리를 지르다가 후다닥 눈을 떴다. 여전히 모텔 방이었고 화면에는 중동의 TV 방송이 원어로 방송되고 있었다. 그리고 원어로 하는 음성이 직역으로 태희의 귀에 들리고 있었다. 아나운서인지 엠시인지 모를 남자의 음성이 들렸다

　-가족, 부족 공동체의 명예를 더럽혔다는 이유로

조직 내 구성원을 다른 사람이 살인하는 행위인 명예살인은 명예를 지키기 위한 이유가 살인을 정당화할 수 있다는 명분으로 자행됩니다. 하지만 이런 행위는 명백한 범법행위이며 사라져야 할 고대의 악습임이 분명하지만 현재에도 공공연히 자행되며 특히 이 화면처럼 자신의 누이동생을 참수하여 잘린 머리를 들고 경찰서를 찾아가는 남자는-

화면으로 모래 바람이 불고 있었다. 도대체 이건 뭐지? 이게 백일몽(白日夢)인가? 눈을 뜨고 꾸는 꿈이라니, 도대체 몇 만 리나 되는 화면 속의 저 사막의 나라에서 벌어지는 일이 왜 내게 현몽한단 말인가? 깨톡, 어디선가 시간과 공간을 가르는 소리가 들려왔다. 누군가 카톡을 보냈다. 한 달 내내 한 번도 울리지 않던 카톡이 울렸다. 아직도 정신은 혼미했다. 태희는 여기가 어딘가 한참을 생각했다. 모텔이었다. 모래바람이 부는 광활한 사막의 도시 마트 앞이 아니었다. 핸드폰을 열었다. 한 번도 본 적 없는 이름 하나가 카톡을 보냈다. 이 일모? 카톡을 보낸 사람의 이름이었다. 내용을 열었다.

-살아있는가? 도화살을 조심하라는 내 말을 명심

하라. 그렇지 않으면 화가 닥칠 것이다. 이일모.-

이일모라? 얼마 전에 저장해놓은 일모가 보낸 카톡이었다. 그렇지 않아도 술 생각이 간절하던 참이었다. 그는 스스로 천기를 읽는다고 했다. 하지만 한 달 동안 생활해 본 그는 그저 나이 먹은 늙은이에 불과했다. 어쩌면 자신이 늙으면 그렇게 될지 모른다는 생각이 들었다. 결혼을 하지 않은 것인지 한 달 내내 어디서도 연락이 오지 않았다. 답장을 보냈다.

-차라리 뭐라도 닥치면 좋을 듯요. 이 무료함은 사람을 미치게 합니다. 세상에서 잘 살아가고 있던 저를 이렇게 무료함 속으로 끌어들였으면 뭐라도 좀 하세요. 이상한 꿈을 꾸었습니다. 자세한 이야기는 만나서 하겠습니다. 술 한잔하러 나가렵니다. 도화살 뭐 이런 거 좀 일어났으면 합니다. 사부님 저 없다고 울지 마시고 잘 지내시길 바랍니다. 설태희.-

-부디 위기를 잘 이겨내라. 사랑하는 제자여.-

옷을 차려입고 나섰다. 시간을 보니 이제 겨우 아홉 시였다. 입산하기 전에 아홉 시는 초저녁이었다. 그런데 금강암에 들어간 후로는 아홉 시면 한밤중이었다. 일모는 한잠 자고 일어나 소변을 보는 시간이

기도 했다. 열쇠를 챙겨 넣고 모텔을 나섰다. 나가자마자 음악이 쿵쾅거리는 호프집이 보였다. 태희는 문을 열고 안으로 들어섰다. 그리고 빈 좌석에 앉자 메뉴판을 든 젊은 여자가 다가왔다.

"혼자 오셨어요? 무얼 드시겠어요?"

"오징어 한 마리에 소주 하나."

"알겠습니다."

쿵쾅거리는 음악이 고막을 찢었다. 돌아보니 모두 젊은 사람들이었다. 태희는 갑자기 기분이 좋아졌다. 칠십이 넘은 노인과 한달 동안 같이 있다 보니 자신도 폭삭 늙은 기분이 들었었다. 그런데 이렇게 젊은 이들을 보니 비로소 자신이 젊다는 생각이 들었다. 그리고 갑자기 은영이가 떠올랐다. 은영이와 헤어진 후 늘 은영이의 잔상이 가슴에 남았었다. 잠든 때에도 깨어있을 때도 늘 가슴에 묵직한 아픔 하나가 걸려 있었다. 어쩌면 이 아픔은 평생을 갈지도 모른다는 생각이 들었다. 이런 분위기를 좋아했었다. 하지만 자주 오지는 못했다. 이런 분위기를 은영이가 좋아하지 않았기 때문이었다. 소주와 오징어가 나왔다. 잔에 소주를 한잔 따르고 오징어 다리 하나를 과감하게 북 찢는다. 한잔을 입안에 털어 넣고 잔을 내려놓고 오징어 다리를 입에 물고 질겅거리면서 소주 한 잔을 따른다. 고독한 내 영혼에 위로의 잔을, 실연당하고 산속으로 도망친 못난 젊은 사내의 아픔을 위로하면서 축배를, 그때 누군가 다가왔다. 화장이 진한 여자였다. 진한 화장을 했지만 자글자글한 주름은 숨길 수 없었다. 열 살 이상 차이가 나겠지?

"혼자 오셨어요?"

"네, 그렇습니다."

"옷차림을 보니까 무슨 삼각산 같은 데서 수도하다가 내려온 도사님 같기도 하고 아니면 요즘 윤택이랑 이승윤이가 하는 자연인 프로그램의 주인공 같기도 하네요."

"정답입니다. 어제까지 입산 수련 중이었어요. 그런데 갑자기 헤어진 전 여자 친구가 너무 보고 싶어서 사부님한테 세상을 좀 다녀오겠다고 했지요."

"다녀오라고 하던 가요?"

"그러니까 이렇게 여기 내려왔지요."

"전 여자 친구는 안 오나요?"

"제 전화를 받지 않은 지 오래입니다. 카톡도 문자

도 다 씹어서 이제는 연락할 생각 따위는 아예 접어 버렸습니다."

"농담을 참 잘 하네요."

"진짭니다. 저는 농담을 좋아하지 않아요,"

여자의 얼굴이 불쑥 다가왔다. 태희가 화들짝 놀라면서 뒤로 몸을 젖혔다. 여자가 웃으면서 말했다.

"멀리서 보고 30대 남자라고 생각했는데 아직 핏덩어리네요?"

"핏덩어리?"

"아, 표현이 좀 과했다. 가까이서 보니 동안이네요."

"그래서 실망?"

"앉아도 되나요? 나도 혼자 왔거든요."

"편한 대로 하세요."

이 여자가 도화살의 주인공일까? 태희가 망설이는 사이, 여자는 맞은편에 앉았다.

"소주라? 이 남자 독하네?"

여자를 바라보면서 잔에 있던 소주를 툭, 하고 입속으로 털어 넣었다. 문득 잔영 하나가 머리를 스치고 지나간다. 여인 한 명이 샤이한 웃음을 날리면서 방문을 빠져나간다. 술에 취한 태희가 머리를 흔들면서 정신을 차리려고 할 때, 방문이 열리면서 건장한 사내가 뛰어 든다.

"남의 마누라랑 놀아나? 오늘 내 손에 죽어 볼 테냐?"

이 장면이 무엇일까? 벌어진 일인가? 벌어질 일인가? 마치 기시감처럼 머릿속을 한참을 맴돈다. 아무것도 아니다. 이건 그냥 환상이다. 일모, 그 늙은이가 만들어낸 허상이 실사 판으로 구현된 것이다. 이 인간! 재주가 보통이 아니다.

"여긴 너무 시끄러워. 조용한데 가서 나랑 한잔 더 할래요?"

여자가 속삭이듯이 말하고 일어선다. 거절할 수가 없는 부탁이다. 태희가 일어나서 소주 몇 잔을 연거푸 들이키고 천천히 걸어 여인의 뒤를 따른다. 이것은 운명일지도 모른다. 아니 숙명이다. 처음부터 예정된 일이다. 유다가 예수를 팔 듯이 반드시 벌어져야 하는 일이다.

유다는 희생양이다. 설계된 세상에서 그 배역을 가지고 태어났을 뿐이다. 그것을 거부할 권리 따위는 애초부터 태희에게 없었다. 계산대에 들려 계산을 하

비트코인 삼국지

다가 문득, 다리 한쪽밖에 찢어먹지 않은 오징어가 생각난다. 다시 가서 오징어를 집어 주머니에 넣는다. 멀리서 여자가 기다리고 있다. 어디 조용한 곳 어디 가서 한잔하자는 것이냐, 아까 본 환상이 자꾸 마음을 어지럽힌다. 만약 이 여자가 오래전 나와 연관이 있었다면 그때도 그랬을 것이다. 기생집에서 술을 먹다가 태희가 현상금에 걸린 사실을 알았다. 하지만 관아에 신고하는 대신, 자신을 보호해주는 지하조직의 건달 하나를 불러낸 것이다. 생포하면 훨씬 큰 현상금이 걸려 있지만 무엇보다도 태희가 소유하고 있다는 황금에 욕심이 생겼을 것이다. 왜 이런 식으로 똑같이 연결되는 것이냐? 시간과 공간만 바뀌면서 운명처럼 컨트롤 V가 컨트롤 C가 반복되는 것인가?

"우리 소주하고 안주하고 사서 저기 조용한데 가서 마실까요?"

하필이면 내가 묵고 있는 바로 옆 모텔이다. 그냥 내가 열쇠를 가지고 있는 장미모텔 803호로 가면 좋으련만, 이 여자는 나름대로 계획이 있을 것이고 나는 그 계획에 따라 주어야 한다. 이 여자가 짜놓은 촘촘한 그물로 초대받은 것이다. 아까부터 자꾸만 카톡을 하는 것이 누군가와 긴밀하게 연락을 하는 모양 새다. 근데 왜 이런 것이 미리 보이는 걸까? 이 영감 탱이가 나에게 뭔 약을 먹인 것일까?

"시끄러우니까 귀가 먹먹해요. 당신이 소주랑 안주 좀 사요. 조용한 데서 인생이야기나 하면서 당신의 실연당한 전 여자 친구 이야기를 하는 건 어때요?"

"내가 무섭지 않아요? 나는 산에서 오랫동안 여자 라고는 구경도 못 하고 지낸 피가 펄펄 끓는 남자란 말입니다."

"술만 마실 거잖아요. 무슨 별일이야 있겠어요? 덩 치는 큰데 얼굴 보면 어린아이처럼 순해 보여요."

"착해 보인다고요? 제가 이래도 전국에서 꽤 알아 주는 주먹입니다."

"어련하시겠어요. 남자들의 허풍이란, 제가 아는 어 떤 남자도 전국구 주먹이라고 늘 허풍을 치는데 확인 해볼 방법이 없네요. 제법 세긴한데, 전국구까지는 좀 심한 듯, 만약 전국구라면 그렇게 살지는 않겠죠."

"어떻게 사는데요?"

"그냥 시시하게 남 등이나 치면서 살아가는 인 생…."

"조심해야 됩니다. 재수 없으면 언제 진짜 전국구 주먹을 만나 망신을 당할지 몰라요. 세상엔 고수가 많은 법입니다. 항상 조심하고 겸손해야 합니다."

"그럴 일이 있겠어요?"

"인생 몰라요. 언제 어디서든 전혀 예상치 못한 일들이 일어나거든요."

"이러다 날 샙니다. 얼른 조용한 데로 가죠."

여자가 재촉했다. 편의점에서 소주와 안주를 산 태희와 여인은 모텔로 올라갔다. 이건 너무 쉽잖아. 너무 쉬운 건 뭔가 있는 거야. 살아보면 안다. 너무 쉽게 주어지는 것에는 함정이 숨어 있다. 잘못 끌려 들어가면 개미지옥이다. 비록 나이는 좀 먹어 보이지만 몸매 좋고 얼굴도 반반하다. 그런데 왜 나를 유혹하는 것일까? 핸드폰을 몰래 확인하는 것부터 수상하다. 태희가 일부러 비틀거린다. 여자가 태희를 부축한다. 계산하셔야죠. 술만 마시다 갈 겁니다. 카운터의 여직원이 자기도 모르게 피식 웃는다. 웃거나 말거나, 네 시간만 끊어주세요. 갑자기 취기가 확 오른다. 이건 뭔가 있다. 오늘 도화살이 있다고 했다. 그림이 이상하게 흘러간다. 긴장해야 한다. 조심해야 한다. 알면서 당하는 어리석음을 범할 순 없다. 뭘 그렇게 비 맞은 중처럼 중얼거리세요? 여자가 말한다. 비 맞은 중처럼 중얼거린다는 표현이 너무 기가 막히다. 이런 표현을 하는 여자가 있다니 재미있다. 재미있어서 죽을 지경이다. 태희는 인생이 너무 재미있어서 미치기 일보 직전이다. 비 맞은 중은 뭐라고 중얼거릴까? 머리카락도 없는 머리 위로 흘러내리는 빗물을 닦아 내면서 이럴 줄 알았으면 벽보고 참선이나 할 걸, 날씨 좋을 줄 알고 나왔다가 이게 무슨 날벼락이람? 부처님도 너무 하시지, 이런 지랄 같은 날씨가, 뭐 이럴지도 모른다. 그때 태희의 머리를 스치는 언어, 들리는 언어인지 느끼는 언어인지 무슨 소리가 들린 것도 같고, 아니면 말이나 글로 표현되지 않은 어떤 형상? 뇌리를 스치는 건지, 귓가를 스치는 건지.

한번 준다니까 좋아? 여자가 태희를 끌어안으면서 말한다. 네가 나한테 줄 거 있어? 난 받을 게 없는데? 도대체 뭘 준다는 거야? 아주 뜨거운 내 몸을 제공한단 말이야. 이 숙맥아. 네가 날 잘 몰라서 그러는데 난 숙맥이 아니야. 나를 어떻게 하려다가 다친다. 제발, 엉뚱한 짓 좀 하지 마라. 여자가 배시시 웃는다. 알아들은 걸까? 엘리베이터에서 내려 문 앞으로 간다. 열쇠를 대자 띠리릭 소리와 함께 문이 열린다. 열쇠를 꽂자 방안에 불이 환하게 켜진다. 그리고 다시 여인의 향기, 애매하다. 이 여자는 뭔가 애매하다. 먼저 씻어, 술이나 먹자며? 아마추어처럼 왜 이래? 난 이러고 싶지 않아. 그냥 조용한 곳에서 술이나 먹자면서? 먼저 씻기나 해. 태희는 지갑 속의 현찰이 자꾸만 마음에 걸린다. 그 돈을 가지고 사라진다 해도 아무 일도 아니다. 다만 일모가 예견한 도화살이 걸린다. 먼저 씻을래? 여자가 다가와 귓가에 뜨거운 콧김을 불어넣으면서 나지막하게 속삭인다. 그럴 생각이 전혀 없어. 태희가 대답한다. 왜? 여자가 묻는다. 태희가 대답한다. 한 시간 전에 씻었다. 그럼 기다려. 내가 먼저 씻고 나올게. 혹시 도망가는 건 아니겠지? 도망갈 이유가 없잖아. 우리 술 마시기로 한 거 아니었나? 아마추어같이 왜 이래? 난 아마추어야. 프로가 아니야. 장난꾸러기. 여자가 말을 마치고 문가로 향한다. 때마침 카톡이 온다. 쓸데없는 카톡 하나가 화면에 걸렸다. 그리고 그 화면 너머로 여자가 슬리퍼를 문 사이에 끼는 것이 보인다. 왜 문을 열고 왜 슬리퍼를 문 사이에 끼워 넣는 것일까? 누군가 현장을 덮칠 것이다. 태희가 침을 꿀꺽 삼킨다. 일어나지 말아야 하는 일이 기어이 일어나고야 마는구나. 전생의 전생에서 벌어진 일이 컨트롤 V로 컨트롤 C로 똑같은 형태로 모양만 바뀌어서 되풀이되고 있다. 여자가 옷을 홀홀 벗어 던진다. 이건 눈속임이다. 이 순간에 무언가 다른 태희의 눈을 현혹하고 실제로 벌어질 진짜가 온다. 주머니 속에서 담배를 꺼내어 입에 물고 불을 붙인다. 그때 슬리퍼가 끼워져 있던 문이 벌컥 열리면서 우락부락하게 생긴 남자가 들이닥친다. 이것이 본령이다. 이것은 리얼이다. 이것이야말로 현현할 구현의 실제 모습이다. 사십 대의 사내다. 키가 크고 체격이 좋다. 이미 예견된 현실이기에 태희가 웃는다. 근데 어디서 본 듯한 놈이다. 산적 두목처럼 생겼다.

"웃어? 허파에 바람구멍을 내주랴?"

"그런데 누구신지?"

욕실이 열리면서 알몸의 여자가 수건으로 중요 부위를 가린 채 걸어 나오면서 외친다.

비트코인 삼국지

"여보, 잘못했어요."

아직 씻지도 않았구나. 어차피 너는 몸을 적시지 않을 예정이었지. 몸을 적시기 전에 그가 오기로 약속된 상황이었겠지. 그런데 대사가 참 통속적이다. 여보 잘못했어요, 라니, 이것으로 이 한마디로 나는 유부녀를 탐하는 더러운 놈이 되는 것이로구나. 태희가 중얼거렸다. 정말로 예정에서 단 한 치의 오차도 없이 붙여넣기가 진행되는 인생이라니, 그렇다면 더살아봐도 환생에 환생을 거듭한다 해도 진화도 없고 성불도 없고 무의미한 환생만 영원히 거듭된다는 것이냐? 적어도 나라면 부처는 못 되더라도 부처 비슷한 마구니 정도는 되어야 할 것인데, 이런 걸 일러 집단 윤회라고 하던가? 내가 왜 이런 어려운 단어를 알고 있지? 나는 정말 무식한데….

태희의 침착한 행동에 남자가 당황한다. 여자도 당황한다. 여자는 황급히 옷을 입고 남자의 옆에 선다. 남자는 태희가 앉아있는 식탁의 앞 의자를 끌어내어 그곳에 앉고 여자는 어색한 표정으로 엉거주춤 서있다.

"내가 네 놈 마누라랑 하다가 현장에서 들킨 거야?"

"그건 아니지만 이건 빼박이다. 내 마누라는 샤워를 하고 너는 여기서 기다렸다가 둘이서 붕가붕가를 할 작정이었지?"

"증거가 없잖아. 여기 다른 증거를 보여주지. 우린 여기서 술을 마시기로 했어. 술집은 너무 시끄러워서 대화를 나눌 수가 없었어."

"이 새끼 봐라?"

"내가 당신 새끼는 아니잖습니까?"

"씨발 새끼가 뭐라는 거야? 배때기에 바람 구멍이 몇 개 뚫려야 잘못했다는 말이 술술 나오겠구나. 일단 칼침을 좀 맞자."

사내가 바지를 올린다. 바지를 올리자 양말이 보이고 양말에 신문지로 싼 식칼이 보인다. 피식 웃음이 나온다. 하지만 사내는 거침없이 식칼을 꺼낸다. 그리고 신문지를 벗긴다. 날이 시퍼런 식칼이 형광등 불빛에 반사되면서 사내의 손에서 살기를 내뿜기 시작한다. 애초에 인마살상용이 아닌, 주방조리용으로 제조된 식칼 하나가 사내의 손에서 다른 용도로 사용되고 있다.

"모가지를 확."

비트코인 삼국지

배때기에서 모가지로 위협의 목표가 변경되었다. 아무래도 배때기보다는 목 부분이 더 위험해 보인다는 그런 생각에서였을까? 그때 갑자기 튀어나온 사내의 음성이 설태희를 당황하게 만든다.

"경찰서로 가서 시시비비를 가려볼까? 네놈의 마누라랑 장모님이 입에 거품 물게 해줘?"

술이 확 깼다. 이건 웬 괴초식?

"경찰서 좋죠. 제가 아는 단골 경찰도 있습니다. 이 구역 담당이 아니지만 제가 전화하면 올 겁니다. 부를까요?"

"말로는 안 되는 놈이구나."

태희가 앉아있는 상태에서 탁자를 세게 밀었다. 남자가 탁자에 부딪치면서 뒤로 물러났다. 태희가 일어나서 주먹을 쥐고 껑충껑충 뛰기 시작했다. 바닥의 푹신푹신한 헝겊 때문에 몸이 생각처럼 탄력적으로 뜨지 않았다. 전혀 예상치 못한 장애물이었다. 사내가 이를 드러내면서 씨익 웃었다. 재미있다는 표정이었다. 황량하게 드러난 잇몸은 두 개나 비어있었다. 흉물스럽게 빈 이빨 때문인지 사내가 더욱 사나워 보였다. 칼을 앞으로 겨누면서 사내도 슬금슬금 스텝을 밟기 시작했다.

"운동했어? 이소룡 뭐 그런 거야? 상대를 잘못 골
랐어. 나는 청량리 들개야. 들개 못 들어봤어? 별이
다섯 개지. 다섯 개!"

"왜 협박이지? 경찰서 가자며? 경찰서 가서 너희
들이 진짜 부부인지 공갈 사기범인지 확인하면 되겠
네? 너희가 진짜 부부가 아닌 사기 공갈범이라는 데
내가 손모가지를 건다. 어때? 지금 경찰서로 갈까?"

"개새끼가 뒈지려고?"

오랜만의 실전이다. 태희는 두려움보다 일단 즐거
웠다. 삶이란 늘 즐겁다. 전혀 예상치 못한 일들이 벌
어지고 그런 일들은 태희를 흥분시킨다. 인간 설태희
가 살다 보니 공갈 사기범을 만났다.

"둘이 짠 거지?"

여자를 돌아보며 물었다. 여자가 당황한 표정으로
가만히 서 있었다. 어느새 옷을 다 차려입고 있었다.
태희가 다시 물었다.

"아까 문 사이에 신발을 두었지?"

"봤어?"

"그냥 가면 없던 일로 할게. 당신들이 나를 협박해

서 돈을 뜯어낼 모양인데 나는 그런데 당할 사람이 아니야. 이 설 아무개님께서 오늘은 피를 보고 싶지 않아서 말이야."

"개새끼, 말이 많군."

스텝을 밟으면서 칼을 휘둘렀다. 저렇게 휘두르는 것은 두렵지 않다. 맞는다고 해도 찰과상 정도나 가벼운 부상으로 그친다. 생명의 위협이 전혀 느껴지지는 않는다. 하지만 찌르는 것은 다르다. 특히 모션이 없는 상황에서 직선으로 치고 들어오는 칼은 위험하다. 가슴이나 머리가 찔린다면 죽을 수도 있다. 태희는 전혀 수비가 되지 않은 놈의 하체를 찬다. 이른바 로우킥이라는 것이다. 퍽, 소리와 함께 사내가 주저앉을 때 칼을 든 오른손을 발로 차버렸다. 날아간 칼이 여인이 서 있는 곳 앞으로 툭, 떨어진다. 여자가 주워 든다. 태희가 말한다.

"그거 들고 덤비려고?"

그때 남자가 갑자기 주먹을 휘두르면서 태희에게 달려든다. 하지만 무기가 없는 사내는 전혀 위협이 되지 않는다. 태희가 피하면서 복부를 강타한다. 윽, 소리와 함께 남자가 주저앉는다. 일어나려는 남자의 머리채를 잡아 바닥에 얼굴을 바닥에 뭉개버린다. 남자가 비명을 지른다. 그런 혼란한 틈을 타서 여자가 도망치려는 순간, 태희가 훌쩍 몸을 날려 여자의 머리채를 끌고 온다. 그리고 여자와 남자를 나란히 무릎을 꿇려놓는다.

"이런 식으로 얼마나 등쳐먹은 거야? 이것들을 경찰에 넘겨야 하나? 너희 둘 들어가면 한 3,4년은 썩어야 할걸? 전과가 있다고 했지? 어쩌면 집행 유예 기간인지도 모르지. 내가 아는 경찰 아저씨를 불러야겠어. 이거야 말로 현행범이고 빼박이지."

설태희의 말에 사내가 말했다.

"살려주십시오. 제가 형님을 몰라봤습니다. 죽을 죄를 지었습니다."

"형님을 몰라봤다? 그럼 지금은 알아봤다는 건가? 난 아직 서른도 안 되었는데 너는 마흔은 훌쩍 넘어 보이는데?"

"서른여덟입니다. 제가 나이가 좀 들어 보인다고 합니다. 그런데 저도 어디 가서 맞고 다니는 그런 사람이 아닌데 형님한테는 안 되네요. 형님, 혹시 형사는 아니지요?"

"한때 나라를 위해 우국충성을 바친 구국의 주먹이지만 지금은 아니다. 그런데 너희들 정말 부부 아니지?"

여자를 향해 물었다. 여자가 사나운 눈으로 바라보면서 대답했다.

"반말 찍찍하지 마라. 순박한 총각인줄 알았더니 진짜 건달이잖아."

"내가 아까 전국구 주먹이라고 했잖아. 농담 아니라 했는데?"

태희는 그들을 물끄러미 바라보다가 탁자 밑으로 떨어져 있는 술과 안주를 검은 봉지에 담아 들고 천천히 돌아섰다. 그들이 태희를 올려다보았다. 태희가 말했다.

"맘 변하기 전에 가라. 내가 진짜 아는 경찰 부르면 재미없을 텐데?"

"형님, 감사합니다."

여자가 남자를 흘겨보면서 말했다.

"무슨 건달이라는 놈이 새파란 핏덩어리한테 당하는 거야?"

"저건 진짜 주먹이야. 전국구라잖아. 구국의 용병

어쩌고 하는 거 보니까 옛날에 정치깡패 있잖아. 이정재, 김두한, 유지광 이런 사람들하고 같은 부류야. 네가 사람 보는 눈이 없어서 너무 센 놈을 골랐어."

　태희가 일어서서 밖으로 나왔다. 밖은 그야말로 불야성(不夜城)이었다. 휘황찬란한 불빛들이 온 도시를 밝히고 있었다. 하지만 인적은 드물었다. 문득 금강암의 풍경이 그리웠다. 해만 지면 그야말로 암흑천지가 되어버리는 원주의 조그만 동굴, 해가 지면 잠들고 해 뜨면 일어나는 자연인의 생활이야말로 인간의 몸에 최고의 건강을 정신적인 건강이나 육체적인 건강을 허락한다는 생각이 들었다. 자고 싶었다. 몇 걸음 되지 않는 모텔을 향하여 걸었다. 문득 지독하게 외롭다는 생각이 들었다. 일모 사부님은 무엇을 할까? 일모는 도대체 이 헛헛한 외로움을 어찌 견디는지 궁금해졌다. 아니면 외로움 따위는 모르는 그런 사람일지도 모른다는 생각이 들었다.

非夢似夢비몽사몽
꿈이 아니면서
꿈같기도 한 것이

❽ 5부. 非夢似夢비몽사몽 꿈이 아니면서 꿈같기도 한 것이

설핏 잠이 들었을 때 핸드폰이 울었다. 핸드폰은 오래도록 울지 않았었다. 평소에도 통화량이 많지 않았었다. 더군다나 입산한 뒤로는 전화가 일절 오지 않았었다. 그런데 전화벨이 울리고 있다. 약간의 두려움과 약간의 설렘으로 전화를 받았다.

"형이다."

묵직한 저음 하나가 허공을 격하고 건너왔다. 가슴이 덜컥 무너져 내리고 있었다. 트라우마라도 생긴 것일까? 그렇게 아껴주던 형이었는데 목소리를 듣는 것만으로도 가슴이 쿵쾅거리고 있었다. 백호였다.

"형님, 잘 지내셨습니까?"

"그런 상투적인 인사를 받자고 전화한 것이 아니다. 너 어디냐?"

"서울역 근처입니다."

"취직은 했어?"

"그냥 시골의 암자에서 쉬고 있습니다."

"암자?"

"그때 형님과 함께 만났던 한복 입은 할아버지를 따라 원주까지 갔습니다. 거기서 한 달 정도 쉬는 중입니다. 좀 지쳐있었습니다. 좀 쉬면서 저의 장래에 대해 고민하고 있습니다."

"서울기획 설태희 부장 자리는 어쩌고?"

"형님께 개기다가 잘린 거 아니었습니까?"

"아니다. 휴가처리 중이다. 언제든 돌아오면 된다."

"네?"

"너는 내가 사랑하는 아우다. 내가 직접 가평에서 공수해온, 이런 표현이 맞는지 모르겠지만 어쨌든 너는 내가 발굴해서 키운 나의 후계자다. 그런 사소한 일로 너를 아웃시킬 수는 없지 않느냐? 그리고 그날 나도 흥분했던 것이 사실이고."

"그런데 왜?"

"나는 네가 숙이고 들어올 줄 알았다. 잘못했다고 빌고 용서해 달라고 사정할 줄 알았다. 그런데 너는 마치 기다리고 있기라도 한 것처럼, 알겠습니다. 하고 떠나버렸다. 한 달을 기다렸다. 중간에 네게서 전화라도 올까 하고 기다렸지만 너는 끝내 돌아오지 않았다. 내 전화를 안 받을 줄 알았다. 다행히도 네가 전화를 받았다. 그런데 너 어디냐?"

"서울역 인근의 모텔입니다."

"암자에서 쉰다더니 서울엔 무슨 일이냐?"

"형을 찾아가 용서를 빌고 은영이도 만나서 정리할 생각이었습니다."

"돌아오지 않겠다는 것이냐?"

"죄송합니다. 머릿속이 엉망입니다. 저도 휴식이 필요합니다."

"다 그러고 산다. 넌 너무 여려서 탈이다. 극복해야만 한다. 이번이 마지막 기회다. 알겠지만 먹고사는 일이 만만치 않다. 여기가 급여도 세고 급여 외의 보너스도 많다. 물론 나갈 때면 먹고 살 수 있는 길도 마련해준다. 비공식적이긴 하지만 나라에서 운영하는 곳이다. 일반인들은 절대 알 수 없는 비밀 조직!"

"죄송합니다. 형님."

"알았다. 월급과 퇴직금은 정산해서 네 통장으로 입금할 것이다."

"언제 올 예정 이냐?"

"두 시에 찾아가겠습니다."

"알았다. 오늘은 스케줄이 비니 차 한 잔 하자."

"알겠습니다."

어지러운 꿈을 꾼 기억이 났다. 처음 잠에서 깨었을 때는 생생한 기억이 있었다. 명징한 기억은 그러나 통째로 사라져 버렸다. 마치 나무 위에 앉았던 새들은 모조리 날아가고 깃털만 어지러이 날리는 기분이었다. 아주 작은 실마리라도 잡히면 그걸 조심스럽게 꺼내면 줄줄이 꺼내어질 것 같은 기억은, 그러나 어떠한 단서도 없이 오리무중이었다. 가끔 산에 오른 후에 겪는 진통이었다. 그러다가 갑자기 꿈의 기억이 되살아난다. 그것은 현실과 꿈이 교차 되는 순간이 기억이 나는 순간이었다. 데자뷔, 혹은 기시감과 같은 느낌이었다. 나무 아래를 지나다가 갑자기 나무에서 무언가 떨어지면서 머리에 맞는 꿈이 기억이 났다. 그래서 화들짝 놀라면서 머리를 치우지만 이미 늦어서 머리에 도토리를 맞고 그러면서 꿈에 나무 아래서 도토리를 맞은 기억이 나는 것이다. 그날 벌어질 일들이 꿈속에서 예견되지만 꿈이 기억나지 않다가 도토리를 맞으면서 꿈이 기억이 나는 것이다. 꿈의 나머지 부분들도 기억이 나는 것이다. 오늘도 그럴 것이다. 결정적인 순간에 꿈과 현실이 교차

되면서 오버랩 되면서 꿈의 기억이 현실에 나타나면서 기억도 살아날 것이다. 하지만 기억나지 않는 꿈은 꿈이 아니다. 고민할 필요가 없다. 연못을 분탕질해놓고 사라진 미꾸라지는 보이지 않고 흙탕물만 남아 있는 셈이다. 아무리 들여다본 들, 소용이 없는 일인 것이다.

옷을 입고 거리로 나섰을 때 아직 열 시도 되지 않은 시간이었다. 문 연 식당을 찾다가 해장국집을 발견하고 그리로 들어갔다. 아무렇지도 않았다. 이질감이 느껴졌다. 한 달 정도 떠났을 뿐인데 이제 서울은 완전히 낯선 타인의 도시였다. 우거지 해장국을 주문하고 앉았다. 다른 식탁에 스포츠 신문이 펼쳐져 있었다. 태희는 손을 뻗어 스포츠 신문을 가져다가 읽기 시작했다. 미국에 있는 류현준이 한성 이글스로 복귀할 것이라는 내용을 한참 동안 읽었다. 돌아온 류현준에게 한성은 익숙한 곳일까? 단 한 달을 떠났을 뿐인데 이렇게 낯선데 류현준은 고향에 돌아온 기분을 느낄 수 있을까? 느낄 것이다. 시간과 공간을 격하면서 툭, 하고 갑자기 아주 오래전의 기억이 마치 어제처럼 생생하게 살아날 것이다. 그런데

비트코인 삼국지

왜 내 기억은 이리 낯설지? 태희는 한참 동안 중얼거리다가 오늘의 운세라는 난을 보았다. 서울기획의 사무실에 들어가면 항상 스포츠 신문이 있었다. 가로세로 낱말 풀이를 하고 나면 습관적으로 오늘의 운세를 보았다.

-장수가 타향에 있으니 전쟁에 패한 것을 한탄한다. 돌아선 여인의 얼굴은 칼날보다 차갑고 등 뒤로 쏟아지는 눈발은 귀향을 재촉한다. 낯선 이성을 조심해라. 호의를 가지고 접근하는 자를 믿지 말아라.-

잠시 생각에 잠겼다. 단지 오늘의 운세일 뿐인데, 왜 이렇게 내 처지와 비슷하단 말인가? 태희는 오늘의 운세를 믿지 않았지만, 공연히 읽었다는 생각이 들었다. 띠만으로 보는 것이다. 같은 띠는 대한민국에 몇 백만이 될 것이다. 그런 불특정 다수가 정말 다 이렇게 흉흉한 오늘의 운세를 공동으로 소유하고 있단 말인가? 머리를 흔들고 다시 읽었다.

-여행을 통해 귀인을 만날 수 있습니다. 오래도록 만나지 못한 연인을 만나니 반갑습니다. 언행을 조심하고 행동을 자제하면 화를 피할 수 있습니다.-

어? 이상한 일이었다. 분명히 아까 읽은 내용과 달

랐다. 눈을 비비고 다시 보아도 아까 읽었던 오늘의 운세는 보이지 않았다. 다른 띠들까지 모조리 읽어도 그런 내용은 없었다.

"식사 나왔습니다."

신문을 다시 원래 있던 테이블에 올려놓고 우거지 해장국을 천천히 먹었다. 오래도록 굶주린 것처럼 허기가 돌았다. 하지만 침착하게 천천히 음식을 먹었다. 도대체 내게 무슨 일이 일어나고 있는가? 어제 본 사막의 도시 환영과 지금 경험한 오늘의 운세는 정말 충격적인 일이었다. 누구에게 말한다고 해도 아무도 믿어주지 않을 게 분명했다. 혹시 백호 형이나 서울기획의 친구들은 이 말을 믿어줄까? 모두 비웃을 것이다. 식사를 다 하고 나왔지만, 딱히 갈 곳이 없었다.

한참을 목적지 없이 걷다가 고개를 드니 사우나 간판이 보였다. 이런 일들은 이제 익숙하다. 어쩌면 삶은 정해진 틀을 그대로 걸어가는 것이 아닐까 하는 생각이 들었다. 좀비나 괴뢰처럼 정해진 일을 묵묵히 수행하면서 살아가는 것이 아닐까? 어쩌면 이 우주는 아니 이 지구는 하나의 거대한 프로그램을 돌리는 중이고 자신은 그 프로그램 중 하나인 기능이 최소한으로 입력된 채로 살아가는, 단순 동작을 반복하는 단순한 개체는 아닐까 하는 생각이 들었다. 생각하면 끔찍한 일이었다. 어쩌면 인류의 대부분은 자신의 의지조차 자각하지 못한 채 습관적인 동작을 반복하는 괴뢰나 좀비일 것이다. 이런 깨달음은 무엇일까? 90% 이상은 그저 미생물보다 조금 진화한 형태로 살아가고 그 나머지 9%는 깨어있으나 전체는 보지 못하는 자각을 추구하는 인성(人性)을 가진 진화한 형태의 동물이라면 나머지 1%는 지배자일 것이다. 99%의 괴뢰와 좀비 위에 존재하는 각성한 존재들일 것이다. 그렇다면 각성자여, 모습을 드러내라.

설태희는 혼잣말처럼 중얼거렸다.

"각성자여. 모습을 드러내라, 나는 세상이 돌아가는 이치를 깨달았다. 당신들의 정체가 무엇인가? 당신들은 무슨 권리로 무슨 이유로 나머지 99% 인류를 지배하는가? 그래서 당신들은 무엇을 얻는가?"

"왜 그러시죠? 무슨 문제라도 있나요?"

언제 다가왔는지 늙은 사내 하나가 다가와 설태희에게 물었다. 설태희가 대답했다.

"각성자들에 대한 질문이었습니다. 불쾌하셨다면 죄송합니다."

늙은 사내는 천천히 걸어서 다른 곳으로 향했다. 그때 갑자기 설태희의 마음이 슬퍼지기 시작했다. 이른바 본인에 대한 연민이 마음을 지배하기 시작했다. 그러면서 지나간 날들이 주마등처럼 스쳐 지나갔다. 부모가 누군지도 모르는 상태로 버려진 그가 고아원에 맡겨지고 학교를 다니면서 고아라는 이유로 아이들에게 따돌림을 당하고 그러다가 아이들과 싸우면서 자신이 싸움에 천부적인 소질이 있다는 것을 알게 되고 책을 보면서 발차기 연습하고 그러다가 결국 서울기획에서 잘리고 사랑하는 연인마저 잃어야 했던 스스로가 너무 불쌍하게 느껴진 것이다. 갑자기 머리가 깨질 것 같았다. 어지럼이 밀려온다.

태희는 온탕에 앉았다. 뜨거운 열기가 온몸을 지배했다. 이렇게 따뜻한 물에 몸을 담그는 것이 얼마나 오랜만인가? 스스로에 대한 연민도 무너지는 자존감도 스스로 극복해야 하는 문제였다. 아무도 자신을 대신해서 살아줄 수는 없다. 설태희는 그렇게 스스로에 대한 연민과 자괴감을 극복하면서 한참을 앉아있

비트코인 삼국지

었다.

그때 신기한 일이 일어났다. 요즘 들어 신기한 일이 자꾸 생기는데 지금 눈앞에서 벌어지는 일은 정말 믿어지지 않을 정도였다. 눈을 뜨자 수증기가 가득한 욕탕이 눈에 들어왔다. 그리고 갑자기 정적이 흘렀다. 정적은 시간이 멈춘 것처럼 느껴지는 그런 정적이었다. 그러다가 마침내 시간이 정지했다. 심장이 뛰는 소리가 천천히 들렸다. 시계의 초침소리가 무한정 늘어지고 있었다. 또오오오오오오오오----------------------딱, 소리는 들리지 않고 무한정 늘어지고 있다. 심장도 마찬가지였다. 쿵쾅거리면서 뛰어야 하는 심장인데 쿵 하고 다음의 박자가 한없이 늘어지고 있었다. 그러다가 마침내 무한의 정적이 찾아왔다. 심장도 멈추고 시계의 초침 소리도 멈추었다. 설태희도 그 정적 속의 하나의 물체인데 이상하게도 그 정적이 느껴지는 것이다. 그때 벽이 갈라지면서 한 사내가 걸어 나왔다. 사내는 공간과 시간을 초월한 존재처럼 사람들 사이를 걸었다. 온탕과 냉탕을 거침없이 지나가지만 물도 묻지 않고 벽도 그를 저지하지 못했다. 사내는 직진으로 설태희를 향해 다가왔다. 묻고 싶었다. 당신은 누구십니까? 누구기에 이 시간과 공간을 점유하면서 사람들 사이를 유유히 다니시는 겁니까? 초월자일까? 이른바 각성자 중의 한 명일까? 아니면 조물주라고 하는 분일까 하나님이라고 일컬어지는 초월적인 존재일까? 사내는 설태희의 앞으로 다가와서 설태희와 마주섰다.

"네가 일모의 제자인 설태희로구나."

지독한 공포가 설태희를 휘감았다. 사내가 손을 내밀어 설태희의 얼굴을 훑었다. 손은 시리도록 차서 온몸에 소름이 돋을 지경이었다.

"나는 시가이 무네야. 오늘 너를 죽이고 비트코인을 챙겨야겠다! 교세의 확장을 위해서 꼭 필요한 돈이기 때문이다. 너를 미워하진 않지만 내 운명이 그런 것이니 날 원망하지 마라."

시간과 공간이 정지했지만 사내는 정지하지 않았다. 이 사람은 능력자이거나 초월자이거나 아니면 신과 가까운 존재일 것이다. 왜 각성자를 생각했을까? 시가이 무네! 어디선가 들어본 이름이다. 맞다. 사부님과 함께 비트코인에 투자한 일본인 사내, 종교 지도자라고 했던가? 여기서 그냥 죽는 거야? 샤워기

밑에 한 사내가 있다. 정지한 물줄기가 허공에 멎어 있고 사내는 손을 들어 머리에 묻은 샴푸를 덜어내고 있다. 샴푸의 거품 하나가 허공에 멎어있다. 숨이 막히다. 억지로 쥐어짜내듯 기침을 한다. 콜록 콜록 콜록 담배를 찾는다. 담배를 향해 손을 내밀 때,

"이 압력을 견딘다고?"

종교지도자라는 사내가 웃는다.

"살아야 할 거 아닙니까? 그냥 날더러 죽으라고?"

피식 웃는다. 무섭지 않다. 죽으면 죽으리라.

"따로 배운 것도 없는 주제에 선천기공만으로도 내 압박을 견딘단 말이지. 전생 수련이 만만치 않네!"

"사이비 종교지도자가 뭐 대단한가요? 하지만 이 사술은 신기하네요. 마치 시간과 공간을 멈춘 것처럼 환각상태가 지속되네요. 지금 이게 현실인가요? 아니면 꿈인가요?"

"죽인다고 했잖아."

"제가 아는 어떤 노인이 말하길 악한 일을 하는 사람은 하늘이 말린다고 하더군요. 아마 당신도 좋지 않은 일을 하려는 거고 하늘이 말리는 거겠죠?"

대답 대신 손 하나가 허공을 건너온다. 모든 압박

을 싣고 공간과 시간을 초월하는 하나의 존재가 태희의 목을 향해 다가온다. 태희는 본능적으로 라이터를 들어 손목을 찍었다. 딱, 소리와 함께 시간과 공간이 찢어지면서 잠깐 정신을 잃었다. 그리고 눈을 떴을 때는 아무 일도 없었던 것처럼 평온한 상태를 유지하고 있었다. 설태희는 정신을 차릴 수 없었다. 정말 이해할 수 없는 일들이 연속으로 일어나고 있었다. 정말 각성자 집단이 따로 존재한단 말인가? 나는 세상을 알 수가 없다. 나는 세상에 대해 알지 못한다. 장님이 코끼리를 만지는 것처럼 신기한 체험들이 일어나고 있다. 때로는 코끼리의 눈알을 만지고 때로는 코끼리의 발톱을 만진다. 때로 코끼리가 싸놓은 똥을 주무르기도 한다. 하지만 전체적인 코끼리를 확인할 수는 없었다. 눈을 뜨자 이상한 느낌이 들었다. 목욕탕에는 아직 들어가지도 않은 상태였다. 그렇다면 아까 온탕에 앉아서 겪은 일은 도대체 무엇인가? 왜 자꾸 내게는 시간과 공간이 뒤얽히는 것인가? 일모라는 늙은이를 만나고 삶이 뒤죽박죽이 되어버렸다. 아무튼 살아남기는 했지만 설마 잠시 후에 그런 일이 벌어진다는 것인가?

목욕탕의 문을 밀고 안으로 들어갔다. 신용카드로 계산을 하고 안으로 들어가 열쇠를 받아들고 남탕으로 향했다. 옷을 벗어 사물함에 넣고 간단한 샤워를 하고 온탕에 잠긴 채 생각에 들었다. 정말 세상이라는 곳의 구조는 대체 무엇이란 말인가? 그동안 읽어온 만화와 소설 속에 그런 해답은 없었다. 뜨거운 욕탕 안에서 태희는 생각에 잠겼다. 세상을 지배하는 힘은 무엇일까? 한참을 생각했다. 결국은 돈이었다. 돈이 없다면 이 목욕탕도 들어오지 못했을 것이다. 돈이 없는 세상이 존재할까? 만얀 내가 부모를 잘 만나 돈이 있었다면 서울기획에서 불의한 일을 하면서 살아가지 않았을 것이다. 부모님이 누군지도 모르고 고아원에서 자라나지 않았더라면 이렇게 주먹을 쓰면서 살아가지 않았을 것이다. 평범한 집안에서 태어났다면 적당히 공부하고 적당히 좋은 대학을 다니다가 적당히 어여쁜 여자를 만나서 결혼하고 적당한 삶을 영위하고 적당히 아이 낳고 살아갔을 것이다. 결국 세상을 지배하는 것은 돈인가? 그렇게 생각하니 너무 허무했다. 결국 목욕탕에서는 아무 일도 일어나지 않았다. 신기한 일이었다.

설태희는 서울기획의 문 앞에 섰다. 한참을 망설이다가 문을 두드렸다. 서울기획이라는 간판이 한없이 낯설게 느껴졌다.

"들어오라."

나지막하면서도 힘 있는 음성 하나가 허공을 건너왔다. 설태희는 문을 열었다. 사무실 안에 서울기획의 식구들이 모두 앉아 설태희를 향해 눈길을 돌렸다. 하지만 아무도 인사를 하지 않았다.

"모두 나가서 볼일을 보라. 나는 태희와 나눌 이야기가 있다."

아이들이 꾸벅 인사를 하더니 밖으로 나갔다. 설태희는 이곳의 실질적인 2인자였다. 양백호를 제외하면 설태희보다 선배는 없었다. 양백호가 일어나더니 문을 잠갔다. 공포감이 설태희의 온몸과 마음을 휘감았다. 죽기밖에 더하랴. 그러자 덜덜 떨리던 몸이 조금 가라 앉았다

"통장에 한 3천 조금 넘게 입금될 것이다. 한 푼도 안 떼어먹고 그대로 넣어주는 거다. 이제 나와 너의 이생의 인연은 끝나는 거다. 끝나기 전에 우리의 관계를 깨끗하게 정산해야 할 것이다. 너는 나를 배신

했다. 그러니까 딱 열 대만 맞자."

설태희가 가만히 있었다. 양백호의 말이 이어졌다.

"엎드려라."

이런 일은 종종 있었다. 태희는 맞을 일이 없었지만 큰 사고를 친 서울기획의 직원들은 종종 여기서 맞곤 했다. 설태희는 책상에 손을 잡고 엎드렸다. 양백호가 시계를 풀었다. 고등학교를 그만둘 때가 떠올랐다. 그때 체육 선생님이 엎드리라고 하고 시계를 풀었었다. 그리고 강한 타격이 엉덩이로 밀려왔다. 다섯 대를 맞은 설태희가 일어서서 돌려차기로 체육 선생의 얼굴을 후렸다. 그리고 퇴학을 당했다. 상황은 똑 같았다. 하나,둘,셋,넷, 그리고 다섯 대 이를 악물었다. 일어나서 돌려차기로 턱을 차버리고 싶지만 그러면 이 악연의 고리는 끝나지 않을 것이다. 10대를 다 맞고 나자 뜨거운 무언가가 엉덩이로 흘러내렸다. 일어나서 인사를 하고 나오자 뜨거운 핏물이 허벅지로 연신 흘러내리고 있었다. 비틀거리면서 한참을 걸었다. 한참을 걷다가 고개를 들어보니 거짓말처럼 은영이가 눈앞에 서 있었다.

"살아있었네?"

"다행스러운 일이지. 할 일도 많은데,"

반가움에 울컥하고 목이 메었다.

"어디 가서든 잘 살아. 응원할게."

"고마워."

재회의 기쁨도 없었다. 그냥 멍청하게 마지막 순간을 스칠 뿐이었다. 딱히 할 일도 없었다. 그냥 견디는 시간만 존재했다. 돌아보지 않고 그냥 걸었다. 비틀거리면서 한참을 걷다가 보니 공원이 눈에 들어왔다. 설태희는 공원의 벤치에 앉아 담배를 피워물었다. 담배 한 대를 다 피우고 핸드폰을 켰다. 그리고 입금 내역을 확인했다. 서울기획의 이름으로 3천2백만 원이 입금되어 있었다. 설태희 퇴직금이라고 친절하게 기재되어 있었다. 눈물이 핑 돌았다. 그때 한 사내가 공원 입구에 택시를 세우고 태희의 옆자리에 앉아 담배를 피웠다.

"개인택신가요?"

사내는 젊어 보였다.

"맞아요."

"내가 원주를 가려고 하는데 얼마면 되죠?"

"두 세 시간 걸린다고 보면 한 30만 원만 받죠. 가실래요?"

"갈까요?"

설태희는 사내와 나란히 걸어 택시에 올랐다. 택시가 출발했다. 태희의 눈가로 눈물이 흘렀다. 세상은 늘 어렵다. 꿈이 아니면서 꿈같기도 한 것이 늘 비몽사몽으로 살아왔다. 가자. 가서 제정신을 차리자. 제정신을 차리고 세상에 다시 나오자. 눈물이 흘렀다. 그때 택시기사가 백미러로 설태희를 바라보면서 말했다.

"택시비가 비싸서 우는 건 아니겠죠?"

"아닙니다. 그럴 리가 없잖아요."

"바가지는 아닙니다. 원하신다면 몇 만 원 빼드릴까요?"

"아닙니다. 괜찮습니다."

어느새 서울의 빌딩 숲으로 해가 지고 있었다.

제 6부

아픈 젊음을
위로하는
비트코인

계산을 마치고 택시에서 내린 태희는 자신이 걸어가야 할 산을 올려다보았다. 해는 지고 집은 멀다는 시가 떠올랐다. 젊은 날, 김소월이 번역했다는 한시였다.

해지고 날 저무니 푸른 산은 멀도다
날이 하도 추우니 집은 가난하도다.
챕싸리 문밖에서 개가 컹컹 짖음은
아마도 이 눈 속에 제 집 찾는 이로다.

겨울은 아니었지만 다른 상황은 똑같았다. 어느 날 책을 읽다가 시가 마음에 들어 여러 번 읽다가 외워버린 시였다. 아마 두보라는 시인이 원 저자였을 것이다. 사부님, 제가 여기에 왔습니다. 하지만 집은 너무 멀고 저는 지쳐버렸습니다. 양백호 형님에게 맞은 엉덩이가 너무 아파서 걸을 수가 없습니다. 다행스럽게도 뼈가 부러지거나 한 것은 아닌데 팬티는 피에

젖어서 살에 붙어 버렸습니다. 벗고 싶지만 갈아입을
옷도 없고 걸어 올라갈 힘도 없습니다. 저는 어떻게
할까요? 사부님, 그때였다. 거짓말처럼 사부님이 산
길을 허위허위 걸어오고 있었다. 마침내 사부는 태희
의 앞에 당도했다.

"세상이 너를 그리 만들었더냐?"

"그렇습니다."

"네가 올라오자마자 그리워하던 서울이 너를 환대
하더냐? 너 혼자만의 짝사랑이 아니었더냐? 너의 연
인은 잘 있더냐?"

"하나씩 물어보십시오. 사부님."

"누가 널 때리더냐?"

"제가 존경하던 형님입니다. 열 대를 맞고 퇴직금
3,200만 원이 생겼습니다."

"네 통장에 얼마가 있느냐?"

"4,000만 원 입니다."

"부자로구나."

"저를 비웃는 건 아니겠지요? 서울에 가면 전세도
얻지 못하는 가격입니다. 월세도 허름한 곳을 겨우
얻을 것입니다."

"얼마 전에 돈의 가치에 대해 논한 적이 있지 않느냐? 단 한 모금의 담배 연기만도 못한 삶을 사는 청춘들이 있다. 단 한 모금의 담배 연기의 값어치는 일년 넘도록 빨래를 해도 벌 수 없는 돈이기도 하지."

"돈에 눈을 뜨고 싶습니다. 저는 경제에 대해 너무 알지 못합니다. 사부님처럼 많은 돈을 가지고 싶습니다. 떵떵거리면서 살아가려는 게 아니라 사람답게 살고 싶어서 그러는 겁니다."

"많은 젊은이들이 너처럼 아파하다가 세상의 부조리에 신음하다가 무너져 갈 생각을 하니 내 가슴이 아프다. 그들은 죄가 없다. 문제라면 지금의 기성 세대들이 만들어내는 탐욕이 만들어낸 대한민국이란 괴물이 존재하는 것이지."

"주제넘은 이야기지만 제가 저처럼 아픈 청춘들을 위해 무얼 해 줄 수 있을까요? 이 시대를 치열하게 살아가는, 하지만 아무것도 물려받지 못하고 그저 고통과 부조리만 가득 안고 살아가는 이 시대를 살아가는 젊은이들에게 말입니다. 물론 사부님은 말씀하시겠지요. 너나 잘하라고,"

"너에게 말한 기억이 있다. 내게는 엄청난 금액의

비트코인이 있다. 그걸로 아픈 이 시대를 살아가는 힘없는 대한민국의 청년들에게 무언가를 해야 할 것이다. 물론 그 비트코인은 옳은 일을 위해 쓰기로 작정한 돈이지. 그 돈이 전부 내 돈은 아니지만, 결국은 사필귀정이라. 의미있는 일에 쓰려는 자가 그 돈의 주인이 될 것이다."

"찾아서 쓰면 되잖아요. 예를 들어 가난한 젊은이들을 위한 직업학교를 세운다거나 집이 없어서 고통받는 젊은이들에게 15평대의 집을 무상으로 배부한다거나, 몇 조면 얼마든지 좋은 일을 할 수가 있잖아요."

일모는 무심한 시선으로 태희를 바라보다가 말했다.

"걸을 수 있겠느냐?"

"네."

"네놈이 키도 크고 체중도 많이 나가는 까닭에 내가 너를 운반할 재주가 없다. 보다시피 나는 키도 160이 안 되고 몸무게도 50kg가 넘지 않는다. 미안하지만 나는 너를 업을 수가 없다. 키 차이가 나서 부축하기도 힘들다. 그냥 걸어가자. 내가 옆에서 같이 걸어가 주마."

일모와 태희는 나란히 걸었다. 한 시간이 넘도록

올라가자 비로소 금강암이 눈에 들어왔다. 태희는 금강암이 너무 반가웠다. 문을 열고 들어서자 문 앞에 그림 하나가 걸려 있었다. 커다란 바위 위에서 여인이 춤을 추고 있었다.

"못 보던 그림이네요?"

"무산신녀도라고 한다."

"무산신녀도."

설태희가 혼자 되뇌었다.

"내가 그린 그림이다. 그런데 너는 겁이라는 단위를 아느냐?"

"불가에서 쓰는 시간의 단위 정도만 알고 있습니다. 잘 모릅니다."

"그렇지. 모르는 게 당연하겠지. 겁이란 단어는 우주의 시간을 재는 단위인에 일정한 숫자로 나타내긴 힘든 무한한 단위를 일컫는다. 저 그림은 신녀가 바위 위에서 춤을 추는 그림이다. 이른바 무산신녀도라고 하지. 일겁이라는 단위는 그러니까 힌두교에서는 일 겁을 43억 2천만년이라고 구체적인 숫자를 이야기하지만, 불가에서는 넓은 바위 위에서 신녀가 비단옷을 입고 춤을 추어 그 바위가 다 닳아지는 시간을 뜻하기도 한다."

"영겁이네요."

"어리석은 소리, 일 겁이라는 시간과 백겁이라는 시간은 끝이 있지만, 영겁(永劫)이란 영원한 세월을 말한다. 영원하다는 것은, 끝이 없지. 백 겁, 천 겁은 결국은 끝이 오지만 영겁이라는 단위는 아득하다는 말로도 설명이 안 된다. 그냥 말 그대로 영원하지. 비교 자체가 불가라는 말이다."

"그러니까 저 그림이 신녀가 춤을 추는 그림이군요. 저렇게 춤을 추어서 저 바위가 다 닳기는 할까요? 사람의 평생이 길어야 100년인데 43억 2천만 년은 좀 너무한 거 아닌가요?"

"젊은 청년들이 불교 공부를 할 때 이런 천문학적인 숫자들을 생각하면서 현실의 고단함을 견디기 위해 만들어진 이야기라고 생각한다. 인도나 파키스탄 혹은 중국이나 한국의 젊은이 중에 누가 스스로 승려가 되는 생각을 하겠느냐? 요새는 절도 승려가 없어서 난리라고 하는구나. 어쩌다 삶에서 도피하기 위한 선택지로 절을 택하고 승려가 되는 길을 택했을 것이고 그럴 때 공부를 하다 보면 이런 어마어마한 숫자들을 대면하면서 현실이라는 것이 별거 아니라고 위안을 받으라고 그런 어마어마한 숫자들을 나열했다는 것이 내 생각이다.”

"그럴지도 모르겠네요. 저도 사부님의 이야기를 듣다 보니 내 어처구니없는 현실은 정말 시시하고 아무것도 아니구나 하는 생각이 듭니다. 많은 위로가 되네요. 저 신녀가 바위 위에서 춤을 추고 그 바위가 다 닳아 없어지는 생각을 하면 이 짧은 삶은 그저 찰나처럼 여겨질 뿐입니다. 몽둥이로 맞은 엉덩이의 아픔도 별거 아닌 것처럼 느껴지네요. 뭐 이런 매를 맞은 것도 전생과 현생과 뭐 얽히고설킨 무언가가 있겠죠. 그냥 아무 이유 없이 맞았다고 생각한다면 너무 억울해서 기관단총을 들고 서울기획을 난사하러 갈지도 모르죠.”

"기관단총은 있고?”

"심정이 그렇다는 겁니다. 하지만 겁이라는 단위에 대해 듣는 순간, 이상하게 마음이 너그러워지는 겁니다. 신녀의 춤 앞에 이런 매질쯤은 아무것도 아니죠. 몇 년만 지나면 언제 맞았는지 왜 맞았는지 다 까맣게 잊을 겁니다.”

잠시 침묵히 흐르고, 무엇인가를 회상하며 일모가 입을 연다.

"2014년 6월 우리는 스위스 제네바의 한 포럼에서 만났다. 정말 이상한 만남이었다. 너도 알다시피 나는 경제에 대해 일찍 눈을 뜨고 어마어마한 재력을 가지고 있었다. 그 포럼에서 만난 세 사람은 모두 마찬가지였다. 모두 특징이 있었다. 일단 국내에서나 국외에서나 얼굴이나 이름이 알려지지 않은 재력가라는 사실과 블록체인 기술이나 가상화폐를 대하는 마음가짐이 열려 있었다는 것이다. 그리고 그들은 그 기술로 만들어지는 경제적 평등에 동의를 했다. 네가 이해할 수는 없지만, 이것은 권력의 평등이고, 전 세계적 양극화를 깨부술 신의 한수였지.

우리는 하나로 마음을 합쳐 비트코인에 각자 10억 달러를 투자를 하면 십 년 후에 가치가 올라 수백조의 비트코인이 된다는 사실에 동의했다. 그리고 그 돈을 진정으로 고통받는 인류를 위해 아니, 상처 입고 방황하는 젊은이들을 위해 쓰기로 합의했지. 단 세 사람이 모두 동의해야만 가능하도록 세 장의 신녀도 뒤편에 전자 지갑의 주소와 비밀번호를 나누어 적어 한 장씩 가지기로 했다."

"그 세 사람이 누굽니까?"

"대한민국의 이일모, 그건 바로 나지. 그리고 러시아의 이반 체렌스키 그리고 일본의 시가이 무네라는 사람이다. 물론 그들은 옳지 않은 일을 해서 돈을 번 이른바 지하금융계의 인물들이지. 돈의 색깔은 좋지 않지만, 우리는 우리의 운명을 믿기로 했지. 그리고 베일에 휩싸인 비트코인의 창시자인 사토시 나카모토를 만나고서 그 생각은 더욱 더 확신을 주었지. 그리고 우리가 힘을 합쳐 진정으로 미래의 젊은이들을 구제하기 위하여 이 돈을 기꺼이 쓰겠노라고 다짐을 했다."

"시가이 무네요?"

"들어본 적이 있느냐? 그는 알려지지 않은 신비의 인물이다."

"이번에 서울에 갔을 때 환상처럼 만났습니다. 허공을 찢고 나타난 각성자 이거나 아니면 적어도 신이거나 신에 버금가는 능력자처럼 보였습니다. 착한 사람으로 보이지는 않았습니다."

"상관없다. 그가 신 급의 능력자이어도 상관없다.

이 돈의 미래는 오래전부터 예정된 하나의 수순이다. 벌어져야 할 그런 일이란 말이다. 과거에 러시아와 일본은 대한민국에게 못된 악해를 저질렀다. 저지른 죄악을 갚도록 하는 것이 신의 뜻이란 말이다. 다른 말로는 카르마의 법칙이라고도 하는데, 나는 그것을 믿는다. 시간이 흐르고 알게된 것은 러시아의 이반 체렌스키는 지하 갱단의 두목이며 마약유통과 무기밀매 그리고 매춘 등을 통해서 돈을 버는 악질적인 인물이지. 하지만 더 나쁜 놈은 시가이 무네라는 일본놈이지. 이놈은 오래도록 비밀리에 전승되어온 밀교 단체의 사이비 교주이다. 그 뿌리를 살펴보면 지하철 테러로 유명했던 조직과 오청원이 가입했던 종교단체와도 연관성이 있다. 요가의 참 뜻을 왜곡하여 다른 이들을 세뇌하기 위해 사용한 아주 나쁜 놈이지.”

“그런 위험한 사람들과 함께 한다는 것은 폭탄을 안고 불 속에 뛰어드는 것처럼 위험한 일입니다. 사이비 교주나 갱단의 두목이라는 말이잖아요. 평범하기 그지없는 사부님께서 그런 뼛속까지 악당인 자들을 물리칠 수 있을까요? 그들은 그 돈으로 젊은이들을 위로하기는커녕 자기가 차지하려고 나머지 두 장의 신녀도를 가진 사람을 죽이려고 할 겁니다. 그건 명약관화한 일이지요.”

“신의 뜻이라고 했다. 러시아와 일본은 오래전부터 대한민국에 몹쓸 짓을 해왔다. 육이오 때만 해도 쏘련제 탱크를 앞세우고 북한군이 쳐들어왔고 우리 민족의 통일을 가장 방해한 것은 쏘련으로 일컬어지는 러시아 놈들이었지. 그리고 일본은 말할 것도 없다. 수많은 학살과 강간과 방화로 대한민국을 피폐하게 만들었지. 마루타로 정신대로 또 독립군들을 고문하고 죽인 그래서 일본은 우리나라에 많은 빚을 지고 있다. 그 빚을 갚아야 하는 신의 뜻이기도 하지.”

“하지만 그놈들이 신의 뜻을 알 리가 없잖아요.”

“그들과는 상관없이 돌아가는 것이 신의 뜻이다.”

“사부님은 그걸 어찌 알아요?”

“세 사람 중 외공은 내가 제일 약할 것이다. 그들은 사이비 교주에 갱단의 두목이지만 그런 건 아무것도 아니다. 세 사람 중 신의 뜻에 가장 맞는 인물은 나인 것이다. 내가 아니라면 사이비 교주에게 신이 수백조를 줄 것이냐? 아니면 마약과 무기밀매와 매춘을 일삼는 갱단 두목에게 그 돈을 허락하겠느냐?"

"신이 있다면 사부님께 하겠지요."

"신은 있다."

"죄송하지만, 신이 있다면 그렇게 불공정할 리가 없잖아요. 어느 날 태어나 보니 사우디 왕궁의 왕자로 태어나서 제멋대로 사람을 죽이고 불법을 행하면서 많은 미인들과 향락과 부귀영화를 누리면서 사는 사람과 어느 날 태어나 보니 인도의 빈민촌 가장 낮은 계급에서 태어나 매일 이유 없이 맞으면서 굶으면서 중노동에 시달리다가 주인집 아들에게 강간당하고 오빠에게 집안의 명예를 훼손했다고 명예살인으로 참수되어 잘린 목이 두 눈을 부릅뜨고 경찰서 바닥을 피로 물들이고 있다면 그게 공정한 신의 뜻인가요? 이 시간도 불공정과 불법과 온갖 악랄할 행위들이 벌어지고 있고 저 불빛들 아래 억울하게 중노동에 시달리면서 돈도 제대로 받지 못하는 불쌍한 영혼들이,"

"그만해라. 듣기 괴롭다. 인간은 신의 깊은 뜻을 알리가 없다."

"그래도 신이 있다고 믿으세요?"

"신은 있다. 그 거룩한 뜻을 네가 모르기 때문에 신을 부정하겠지만 신은 너의 생각과 너의 사고방식을 벗어난 곳에 존재한다."

"그렇겠죠. 저도 불가사의한 일들을 많이 겪었어요. 그걸 신이 없다면 무슨 재주로 설명하겠어요. 신은 자기가 존재한다고 나한테 끊임없이 메시지를 던지고 있죠."

"종말에 대해 생각해 본 적이 있어?"

"가끔요."

"신의 뜻까지 갈 거 없다. 네가 태어나는 날이 창조의 날이고 네가 죽는 날이 종말의 날이다. 알아 듣겠느냐?"

태희는 아찔했다. 사부의 말은 맞다. 창조의 날과 종말의 날은 내가 죽은 뒤에는 아무 의미가 없다. 내가 태어나기 전의 세상 또한 아무런 의미가 없다. 의식하지 않는 세상의 이야기가 세상의 진리가 무슨 소용이 있단 말인가?

"여기서 공부를 해라. 공부란 삶이다. 많이 생각하고 많이 보고 들어라. 그리고 운동을 해라. 건전한 육체에 건강한 정신이 깃드는 법이다. 당연한 말을 한

비트코인 삼국지

다고 흉보지 마라. 당연한 것이 세상이고 당연한 것을 해야 하는 것이 진리다. 세상이 어떻게 돌아가도 너는 네 할 일만 하고 너는 네게 주어진 신의 뜻을 행하면 된다. 곧 신이 너에게 일을 시킬 것이다. 그 일은 바로 비트코인을 소유하는 일이다. 기다리면 그들이 너를 찾아올 것이다. 억지로 무얼 하려고 하지 않아도 된다. 뜻이 있는 곳에 길이 있다. 이곳에서 6개월간 수련하고 나서면 곧바로 세상으로 나가라. 네가 너에게 가르쳐줄 것은 세가지다. 경제에 눈을 뜨는 것, 그리고 챠크라를 열어서 너의 내공과 외공의 공력을 높이는 것, 그리고 마지막으로 바둑을 가르쳐 줄 것이다. 그리고 나가서 맹기를 두는 자를 만나라. 그러면 그가 너에게 새로운 인연을 안내해 줄 것이다."

"사부님! 왜 바둑을 가르쳐 주시려고 하나요."

"바둑은 신이 만들었다. 신의 지문! 인도 철학에서 중요한 단아는 아트만과 브라흐만이이다. 둘을 아는 것을 범아일여라고도 하는데 같은 이치다. 바둑은 인생과 세계의 축소판이다. 바둑을 이해하면 이 세상의 어떻게 설계되었는지, 그리고 존재 이유를 알 수 있다."

일모의 이야기는 단호했다.

"알겠습니다. 하지만 저는 경제를 더 알고 싶습니다."

"아는 만큼 보이는 법이다. 주식이나 코인을 해서 패가망신을 하는 사람은 다 이유가 있다. 흐름을 읽지 못하기 때문이지. 때로 변수가 있지만, 그 변수까지 그 변수가 미치는 파장까지 생각한다면 주식이나 코인을 해서 망하지는 않는다. 또 다른 이유는 욕심 때문이다. 욕심은 눈을 흐리게 하고 눈이 흐려지면 진실을 보지 못한다. 특히 빚을 내서 하는 투자는 절대 해서는 안된다. 이는 투자가 아니고 노름이기 때문이지. 일단 도파민에 의해 뇌가 중독되면 욕망의 회로가 작동하는 것을 멈출 수가 없다. 그러므로 코인을 통해 돈을 버는 것은 결코 쉬운 것이 아니다. 기다리는 자가 최후의 승자가 된다. 앞으로의 미래는 비트코인을 중심으로 한 암호화폐가 진짜 화폐의 중심이 된다는 것이다. 물론 그런 세상이 구현되기 위해선 미국 달러의 드라마틱한 몰락이 이루어져야 하는데, 그때까진 갈 길이 말다. 이미 지구상의 한 나라는 비트코인을 국가의 화폐로 사용하고 있지. 시간이 흐르고 암호화폐는 메타버스와 인공지능과 함께 새

로운 경제 생태계를 만들 것이다. 상전벽해가 이루어
지리라. 물론 지금의 너 머리로는 도저히 이해할 수
없는 일이겠지만 말이다."

"무슨 말인지 하나도 모르겠네요. 사부님 밑에서
공부를 하면 제가 언젠가는 이해하는 날이 오겠지요.
근데 그런 것이 겨우 6개월에 가능하다니 믿어지지
않네요."

"너는 전생에 여러번의 윤회를 통해서 기초적인 준
비가 되어있다. 중국 선종의 6조 혜능이 너와 같은 케
이스인데, 일자무식인 그가 금강경을 듣는 동안 담박
에 깨달음을 얻었지. 너도 그와 같은 길을 갈 것이다.
6개월의 시간이 지나면 너는 절정 고수의 경지에 도
달한다. 하지만 그 위에는 초절정, 현경등의 경지가
존재하지. 그것은 결국 네가 공부하며 가야 하는 외로
운 길이다. 그리고 항상 조심해라. 자기보다 높은 고
수가 있다는 것을 절대 잊지 말고 그런 고수들을 만
나면 맞서지 말고 튀어라. 36계 줄행랑인 것이다."

설태희가 벽에 걸려 있는 무산신녀도를 떼어내어
살피면서 말했다.

"사부님 말씀은 뼈에 새기도록 하겠습니다. 그건

그렇다 치고 이토록 귀한 신물을 어찌 함부로 다루십니까? 도난을 당하거나 혹은 불이라도 나서 타버리면 어마어마한 돈이 혼돈 속으로 사라져버리지 않습니까?"

"그럴 리가 없다. 그 돈은 우리 대한민국의 미래를 위해 쓰일 것이다."

"만약 제가 부욱 찢어버리면요?"

설태희가 찢는 시늉을 하려다 뒷장을 보니 뒤편에 여러 개의 숫자가 나열되어 있었고 맨 밑에는 한글로 적힌 글자가 있었다.

[대한의 백성이 도탄에 빠지고 아비규환의 지옥이 구현되리라. 그날이 오래 지속된다고 해도 절망하지 마라. 조각 동전이 고래를 잡으면 구국의 용병과 터럭 하나가 나라를 구하리라.]

"이건 무슨 뜻이죠?"

"그날 모임이 끝나고 영감을 받아서 쓰긴 했지만 해석은 못 하고 있다 아마 하늘에서 불러주는 것을 내가 받아 적었다 보면 된다. 내 생각으론 글에서 언급된 구국의 용병은 너고 터럭 하나는 나일 것이다. 미래의 일을 신의 영감을 받아 예견한 글이라 때가 되기 전에는 그 뜻을 알지 못할 것이다. 금강암에서 바둑을 두면서 심법을 다스리고, 무술을 연마하며 몸을 다스려라. 그러면서 암호화폐가 만들어내는 새로운 세상을 기다려라. 나를 만나고 나서 너에게 이상한 변화가 있었을 것이다. 일종의 워밍업인데, 너의 몸이 서서히 변화하고 있다. 내가 본격적으로 너의 차크라를 열어주면 너에게는 상상을 초월한 능력이 생길 것이다. 그래서 절정 고수가 되는 거지. 그저 복종하면 된다. 그리고 이 그림을 줄테니 보관해라."

제 7부

선남선녀의
방문

"바둑향 기원이라? 바둑에서 무슨 냄새가 난단 말인가? 향기라니."

설태희는 바둑향 기원이라는 간판을 올려다보면서 중얼거렸다. 인터넷에서는 제법 강한 바둑이어서 타이젬 9단으로 행세하고 있었지만 실제로 사람과 사람이 만나서 바둑을 두는 일은 별로 없었다. 실제로 설태희는 얼마 전까지만 해도 바둑을 두긴 했지만 잘 두는 편은 아니었다. 하지만 일모를 만나면서 금강암에서 바둑과 무술, 그리고 경제에 대한 내용을 전수 받았다. 아홉 점으로 시작한 바둑이 기어이 일모에게 백을 잡고서야 하산할 수 있었다.

속세로 내려온 태희는 인터넷 바둑에 접속을 했다. 그리고 인터넷 바둑을 두면서 자신의 경지가 어이가 없을 만큼 강한 수준이라는 것을 깨달을 수 있었다. 타이젬 5단에서 시작해 연전연승으로 팔단까지 파죽지세로 올라가자 주위에서 정체를 감춘 프로냐 아니면 연구생 출신이냐로 말이 많았다. 하지만 설태희는 그저 묵묵히 바둑을 둘 뿐이었다. 9단에서 5할 승률을 기록하면서 프로 강자들을 연파하자 한국의 일류 기사가 장난삼아 만든 아이디가 아니냐는 의견이 있었다.

몇 개의 아마 대회를 우승하면서 정체를 밝히라는 압력이 들어왔고 실제로 전혀 알려지지도 않았던 설태희는 겁을 먹고 인터넷 접속을 하지 않았다. 그리고 약간의 시간이 흘렀다. 그러다가 인터넷 검색을 통해 제법 아마 강자가 많고 대회에서 우승과 준우승을 밥 먹듯이 하는 바둑향 기원을 찾아가서 고수들과 직접 대국을 해보고 싶은 마음이 생겼던 것이다. 일부러 엘리베이터를 타지 않고 계단을 걸어 올라갔다. 그리고 입구에 서서 막 문을 밀려는 순간, 옆에서 머리가 헝클어지고 노란 트레이닝 복을 입은 50대 중반의 사내가 한 손으로는 흘러내리는 트레이닝복 바지를 올리며 다른 손에는 스포츠 신문을 들고 문을 밀고 있었다. 정확하게 말하며 신문의 바둑 지면을 열심히 들여다보는 중이었다.

"어서 오세요. 그런데 처음 보는 얼굴이네?"

"여기가 바둑향 기원 맞죠?"

설태희가 묻자 사내가 대답했다.

"여기 적혀 있잖아. 그런데 바둑 두러 왔소? 아니면 독고 원장을 만나러 왔소?"

"바둑도 두고 독고 원장님도 만나러 왔습니다. 독고 원장님이 맹기를 두시는 분 맞죠?"

"당연히 맹인이니까 맹기를 두지. 눈이 멀쩡하면 뭐 하러 맹기를 두겠소?"

설태희는 어이가 없었다. 다짜고짜 시비조로 따지는 사내의 말이 슬쩍 귀에 거슬렸지만 실제로 보면 거의 아버지의 나이라 참기로 하고 대답했다.

"맹기로 두시면서 타이젬 8단을 두신다는 말을 듣고 한 수 배우러 온 게 맞기 합니다만, 내가 그분을 만나러 온 것이 뭐 아저씨 기분을 상하게 한 겁니까?"

사내가 웃으면서 대답했다.

"젊은 사람이 꽁하긴, 참 말하자면 그렇다는 거지, 왜 내게 시비를 거는 거요? 나는 지금 무지하게 급한 상태로 밀어내기 신공을 이용하여 이 뱃속의 이 물질을 배출하러 가는 중이란 말입니다. 배출하면서 기보를 좀 들여다보려는 겁니다. 안에 바둑 TV를 틀어놨으니까 일단 내가 나올 때까지 기다리면 뭐 나랑

한 수 하든지 아니면 원장님과 만나게 해드리리다. 그런데 얼마나 두시오? 타이젬으로 몇 단? 5단? 6단? 한 7단 되려나?"

"타이젬 9단입니다."

"엥? 젊은 양반이 대단한 기력이네? 나도 9단에서 못 버티는데 9단이라니 일단 내 뱃속에서 배출되지 못하는 이물질들이 아우성치니 들어가서 기다리세요."

사내가 옆의 화장실로 들어갔다. 설태희는 열린 기원의 문을 통해 안으로 들어섰다. 아득했다. 오래전부터 기다려온 안방 같은 느낌이 들었다. 마음이 평안했다. 이곳에서 바둑을 둔다면 정말 잘 둘 것 같은 느낌이 들었다. 바둑TV에서는 고전사활 묘수풀이를 진행하고 있었다. 프로 9단의 기사가 기경중묘에 나오는 묘수풀이를 설명하고 있었다. 설태희는 빙그레 웃었다. 일모가 던져준 현현기경과 관자보를 삼일 만에 모조리 풀어버리고 문제 자체를 외워 버리자 놀라던 일모의 모습이 오버랩 되었기 때문이었다. 그때 화장실로 갔던 사내가 아주 편안한 얼굴로 스포츠신문을 들고 들어오더니 기원의 의자에 앉아서 TV를 보는 설태희의 맞은편에 털썩 주저앉았다. 그리고 탁자 위에 신문지를 턱 올려놓았다. 설태희가 오늘의 운세를 펼치고 읽었다.

"허, 나도 오늘의 운세를 제일 먼저 보는데 댁도 그렇소?"

"그냥 재미로,"

"나도 재미로 보지 누가 그걸 100프로 믿겠소? 그런데 댁은 그걸 볼 필요가 없어. 내가 딱 봐 드리지. 오늘 처음 만난 기념으로 말이야. 황룡이 잃어버린 여의주를 청룡이 품는구나. 황룡의 벌이 독을 품고 날아드니 청룡의 나비가 몸으로 막는구나. 천년을 엎드려 있던 이무기가 춤을 추니 천하가 흔들리는구나."

그때였다. 갑자기 기원의 뒤쪽 문이 활짝 열리면서 누군가 소리쳤다.

"날 찾아온 손님이면 내게 안내할 것이지 무슨 헛소리를 지껄이는 것이냐? 당장 내게 안내하고 차나 내오너라."

설태희가 바라보니 선그라스를 쓴 남자가 문 앞에 서서 호통을 치고 있었다. 사내가 황급하게 달려가더니 대답했다.

"눈을 감고 계셔서 주무시는 줄 알았습니다. 원장

비트코인 삼국지

님께 안내하기 전에 잠깐 인생 공부도 시켜주고 점괘를 봐주는 중이었지요. 헤헤."

"이놈, 묘생아. 네놈보다 훨씬 더 수련이 깊은 분이다. 오늘 모처럼 바둑향에 절정 고수가 내방을 했구나! 네가 함부로 대할 분이 아니란 말이다. 그러니까 헛 소리 하지 말고 얼른 안내하고 차나 내오너라."

문이 쾅하고 닫혔다. 묘생이라고 불렸던 사내는 설태희를 향해 정중하게 말했다.

"따라 오시죠. 나 참 아들 뻘밖에 안 되는 놈한테 함부로 하지 말라니 그럼 내가 함부로 해야 할 사람은 도대체 어디 있다는 거야?"

그때 기원의 문이 열리면서 어여쁜 금발의 미녀가 들어섰다.

"어? 미장원을 찾는다면 아래층으로 가야 하고 화실을 찾는다면 옆으로 가야 합니다. 이렇게 젊고 아름다운 이국의 여인이 바둑을 두러 오실 리가 없으니 호수를 잘못 찾은 모양입니다. 하하하."

하지만 여자는 나갈 생각이 없이 주위를 살펴보고 있었다. 묘생이 쩔쩔 매다가 설태희를 향해 말했다.

"나는 손님 접대를 해야 하니 댁은 안으로 들어가

서 원장님 맞은편에 앉으세요. 차는 곧 가져다 드리겠습니다."

문이 닫히고 설태희는 닫힌 문 안에 있었다. 열한 시가 넘은 시간임에도 사무실 안은 어두웠다. 너무 어두워서 사물을 분간하지 못할 정도였다. 설태희는 잠시 서서 눈이 어둠에 익숙해지기를 기다렸다. 그때 원장이 딸깍하고 실내의 불을 밝혔다.

"나는 어둠에 익숙한 편이라 불을 꺼놓은 것을 깜빡했습니다. 제가 이래요. 남을 배려하는 마음이 전혀 없어요."

"괜찮습니다. 이제 막 어둠이 눈에 익으려던 참이었습니다."

"묘생 이놈이 불도 켜주고 자리도 안내하고 차도 내오고 해야 하는데 손님만 불쑥 집어넣고 도대체 뭐하는 거야? 뭐 급똥이라도 싸러 간 거야?"

"아닙니다. 금발의 미녀가 기원을 찾은 모양입니다. 처음에는 잘못 들어온 줄 알았는데 기원을 일부러 찾은 듯해서 아마 손님 접대를 하는 모양입니다."

"금발의 외국인 손님이라? 바둑향이 생긴 이래 금발의 이방 여인이 방문한 적이 없었는데 당신이 온

비트코인 삼국지

날 하필이면 금발의 이방 여인이 온 것이 우연일까?"

설태희는 원장이 혼잣말을 하는 것인지 아니면 자신을 향해 질문을 한 것인지 몰라서 잠시 고민을 했다. 딱히 대답할 말이 없어서 가만히 있자 원장이 의자를 더듬거리면서 잡으면서 걸어가 의자에 앉더니 말했다.

"건너편에 앉으세요."

설태희가 잠시 망설이다가 대답했다.

"제 스승님이 계신데, 속세로 나가면 맹기를 두는 분을 찾아가라고 말씀을 하셨거든요. 그래서 그냥 인터넷을 서핑하면서 맹기란 단어를 치니, 원장님께서 맹기를 두신다는 기사를 보고 도대체 맹기라는 것이 어떻게 가능한 것인가와 맹기로 타이젬 8단 유지가 가능한가 하는 호기심으로 찾아왔습니다. 이렇게 환대를 받을 만한 입장은 아닙니다. 혹시 다른 분이 예약하신 걸 착각하고 저한테 이렇게 잘 해주는 건 아닐까 하는 생각이 듭니다."

"아니야. 오늘 천기를 집어 보니까 일모 제자 놈이 올 거라는 강력한 기가 우주를 가득 채우고 있더군. 네가 일모 제자 놈이지?"

"헉, 저희 스승님을 아세요?"

"청출어람이라더니 일모란 놈보다 네놈이 훨씬 기재가 있구나. 그놈은 장님 조차 이기지 못하는 바둑인데 너는 타이젬 9단이라니 네가 일모를 능가했구나. 일모란 놈이 나랑 친구라는 것을 이야기하지 않았구나. 놈은 맹인 친구가 있다는 것을 부끄럽게 여긴 것인가?"

"맹기들 두는 분이 친구라는 말씀은 저에게 하지 않았습니다. 저희 사부님은 천성이 착하신 분입니다. 말씀을 하지 않으신 것은 나름의 복안이 있을 것 이라고 생각됩니다."

"지 사부라고 편드는 것 봐라. 야 인마. 너의 사부이기 이전에 내 친구였단 말이다. 내가 말은 이렇게 해도 네 사부와 죽마고우란 말이야. 그놈이 그림 속으로 사라진다고 나에게는 구라를 쳤는데….하여튼 그놈도 정신이 오락가락 하지 ?"

"예? 그 구라를 알고 있군요. 자기가 갑자기 사라지면 그림 안에 들어가서 좀 놀다오겠다고 했습니다. 제가 말해도 안 믿을 거 같아서 아무에게도 말하지 못한 사실입니다. 도대체 사부님과 원장님은 언제나

제 상상을 능가하는 분들입니다. 제가 무엇을 상상하든 그 이상을 항상 보여주시거든요."

그때 문이 열리고 묘생이 들어왔다. 그리고 커피포트를 켜고 설태희와 원장에게로 다가와서 바둑알이 담긴 통을 들고 왔다. 탁자를 내려다보니 바둑판이 있었다. 그런데 바둑판의 모양이 특이했다. 361로의 바둑판의 줄이 그려진 것이 아니라 파여 있었다. 원장이 더듬거리면서 바둑판을 손으로 훑었다. 설태희는 자기도 모르게 피식 웃었다. 그것은 마치 영화의 한 장면을 떠 올리게 만들었기 때문이었다. 신의 한 수에 나오는 장면으로 정우성이 찾아간 맹기를 두는 안성기가 시장의 한구석에서 더듬거리면서 바둑판을 만지는 장면이 떠올랐기 때문이었다.

"신의 한 수에서 안성기의 연기가 떠올랐나?"

"헉, 원장님은 독심술도 하십니까?"

"평범한 인간들의 상상력이야 늘 거기가 거기지. 초절정 고수가 되면 신통력이 생기지. 상대방의 마음을 읽는 것은 그리 놀라운 일이 아니지."

"제 마음을 훔쳐 읽으시고 두신다면 제가 이길 수가 없겠지요. 아니면 요즘 신진서나 박정환이가 와도 이길 수가 없겠군요. 그러면 프로 데뷔해서 모든 기전을 싹쓸이하실 수도 있겠네요? 그 아까운 능력을 왜 썩히시는 거지요?"

"이놈아. 그래서 경계라는 게 있는 것이다. 물론 내가 그런 능력을 발휘해서 그렇게 할 수도 있지만 모든 능력자들이 다 그렇게 선을 넘는다면 이 세상은 엉망이 되고 말 것이다. 질서라는 게 있어야 세상이 굴러갈 것이다. 간혹 그렇게 선을 넘는 자들도 있었지만 결국 징계를 당하고 만다. 너 지금 나를 떠보려는 것이냐? 아니면 몰라서 그러는 것이냐?"

"몰라서 그러는 겁니다. 저는 바둑과 무술을 배웠지 더 이상 다른 것들은 배우지 않았습니다."

"주역 공부도 하지 않았느냐?"

"그냥 재미로 산통을 가지고 흔드는 정도입니다 아마 전생에 공부를 했다는 느낌이 들더군요."

"겸손하군. 천하를 다스릴 명검으로 배추를 다듬는 격이로구나."

잠시 말이 없었다. 텀이 길었다. 묘생은 잠시 망설이다가 설태희에게 백이 담긴 바둑알을 주고 원장에게는 흑이 담긴 바둑알 통을 건넸다. 그리고는 원장을 향해 말했다.

"타이젬으로 5급을 두신다는 미모의 여성분이 찾아왔습니다. 맹기로 원장님께 아홉 점을 깔고 도전을 하겠다고 박박 우겨서 그 정도 실력이면 원장님을 대면할 실력이 안 된다고 했더니 뭐 꿩 대신 닭이라면서 제게 도전을 했습니다. 그러면 이 닭은 나가서 두겠습니다. 꿩님도 재미있는 바둑을 두십시오."

원장이 말했다.

"재자경박(才子輕薄)이라고 했다. 너는 다 좋은데 좀 촐랑거리는 것이 단점이다. 미녀 앞에서 촐랑거리다 망신당하지 말고 혹시 양 여사를 만나면 원장실로 와서 도와 달라고 해라. 나머지는 내가 알아서 할 것이니 나가서 바둑이나 두라."

원장이 바둑판을 더듬거리다가 판 위에 흑 돌 하나를 올려놓았다. 탁, 밝고 경쾌한 소리와 함께 땀에 젖어 반들거리는 흑 돌 하나가 판 위에 보였다. 그때 문이 열리면서 늙수그레한 여인 하나가 들어왔다. 설태희가 얼떨결에 인사를 했다. 여인은 손을 들어 답례를 하고는 설태희와 원장이 바둑을 두고 있는 바둑판 옆에 자리를 잡고 앉았다. 설태희가 망설이다가 백 돌 하나를 들어서 우상귀 화점에 놓았다. 순간, 여인이 말했다.

"16에 16을 두셨습니다."

순간, 아득했다. 먼 태곳적 언젠가 이 사람과 바둑을 두었다. 그때는 내가 맹인이었다. 환상이나 망상이 아니었다. 아주 분명하고 뚜렷한 기억이 설태희의 머리를 한참 동안 맴돌았다. 향 냄새가 코끝을 스치는 것으로 보아 사찰임이 분명했다. 보이지 않으니 주위를 인식할 수는 없지만 웅성거리는 소리와 쌀쌀한 바람의 느낌으로 보아 가을로 느껴졌다. 그때는 벗이었다. 지금은 사부의 친구라 예의를 갖추어 대해야 할 어른이지만 그때는 벗이었다. 내용은 기억나지 않지만 많은 이야기를 나누었고 실연의 아픔으로 같이 울어주고 밤새 술도 마신 그런 친구였다. 그리고 여러 시간과 공간을 건너 몇 백 년 만에 바둑판을 사이에 두고 마주했다. 그리고 그때 사찰에 있던 보살님의 음성도 뚜렷했다.

"16에 16을 두셨습니다."

울컥했다. 도대체 이건 뭘까? 이 원장도 그 마음을 알까? 정체를 알 수 없는 복받침에 몸을 일으켜서 여인에게 물었다.

"소변이 급해서 그러는데 화장실이 어디 있나요?"

대답을 듣기 전에 마음속에서 대답이 있었다. 제가 안내해드리지요. 그러나 지금은 아니었다. 여인은 뚜렷한 소리로 말했다. 바둑향의 입구 옆에 있습니다. 설태희가 일어나서 밖으로 나왔다. 막상 일어나니 약간의 요의가 느껴지고 천천히 기원을 가로지를 때 여인의 서툰 한국말이 들렸다.

"아홉 개 깔면 재미없어요. 네 개로 해요."

화장실로 향하던 설태희와 여인의 눈이 마주쳤다. 순간, 아득한 종소리가 설태희의 마음을 울렸다. 여인이 말했다.

"이 아저씨가요. 자기가 타이젬 8단이라는 겁니다. 내가 타이젬 3단인데 그러면 다섯 점만 깔면 충분한데 아홉 개나 깔라는 겁니다. 이게 말이 돼요? 그리고 이 아저씨 얼굴을 봐 봐요. 이 얼굴이 어떻게 타이젬 8단이란 말입니까? 그냥 맞둬도 이길 거 같은데?"

설태희가 여인을 물끄러미 바라보았다. 이 대책 없는 여인은 누구란 말인가? 설태희가 묘생을 바라보면서 물었다.

"아까 타이젬 5급이라고 하지 않았나요?"

"자기가 착각했다는 겁니다. 그런데 아무리 봐도 타이젬 3단 정도는 안 되는 거 같아요. 아까 말한 대로 7급 정도가 맞는 거 같은데 괜히 자존심 부리는 거 같아요."

설태희가 대답했다.

"다섯 점으로 해요. 어차피 아가씨는 묘생님이 8단으로 안 보이고 묘생님은 아가씨가 3단으로 안 보이니까 일단 다섯 점으로 두어보고 치수 조정을 다시 하는 건 어때요?"

"아가씨가 아니라 마릴린입니다. 마릴린…."

불쑥 희고 가는 팔이 건너왔다. 설태희가 망설이는 사이 다가선 마릴린이 설태희의 손을 덥석 잡았다.

"홧츠 유어 네임. 마이 네임 이즈 마릴린."

영어와 한국말을 자유자재로 구사하는 이 미인은 도대체 뭐란 말인가? 설태희는 얼른 손을 놓고 문밖으로 향했다. 어디선가 지독한 향수 냄새가 코를 찔렀다. 마릴린이 잡았던 손이 끈적거려서 냄새를 맡아보니 강렬한 화장품 냄새가 코를 찌르고 있었다.

　　　　　　　　　　비트코인 삼국지

제 8 부

心魔심마로
패한 바둑

설태희가 소변을 보고 돌아오면서 살펴보니 다섯
점으로 접바둑이 진행되고 있었다. 마릴린과 묘생의
실력이 궁금했지만 안에서 기다릴 독고 원장을 생각
하고 원장실로 향했다. 자리에 앉아서 살펴보니 바둑
판이 일반 바둑판과는 달랐다. 바둑알을 안에다 서랍
처럼 넣은 구조로 되어있었다. 옆에서 여인이 안내
를 했지만 독고원장은 바둑이 한 수 진행될 때마다
일일이 손으로 확인을 하고 고개를 끄덕거리곤 했다.
감각이 좋고 수읽기가 빠른 설태희는 천천히 진행되
는 바둑이 조금씩 지루해지기 시작했다. 상대방이 수
를 읽을 때 같이 수읽기를 하다가 자신이 예상한 수
가 나오면 빠르게 응수하고 그렇지 않으면 제법 신
중하게 수읽기를 했다. 한 시간 정도 진행되면서 어
느새 80수가 넘어서고 있었다. 연구생도 이겼다. 그
리고 여류 프로기사도 이겼다. 기세가 좋고 한참 잘
나가는 젊은 프로 기사들에겐 연패를 했지만 프로가
아닌 아마추어에게 질 바둑이 아니라는 자부심이 있

었다. 하지만 신중에 신중을 기하는 독고 원장님을 생각하면 경솔한 바둑을 둘 수는 없는 노릇이었다. 그러다가 문득 호기심이 들었다. 미루어둔 사활을 독고 원장은 기억할까? 눈으로 보면서도 자꾸 헷갈리는 저 장면을 손으로 몇 번 더듬는 것만으로 정말 기억한단 말인가? 만약에 내가 눈을 가린 채로 손가락만으로 둔다며 저 원장님처럼 잘 둘 수 있을까? 좌하귀에 사활이 걸린 장면이 있었다. 몇 번을 눈으로 확인해보니 반면 두 집은 무조건 남는 바둑이었다. 승부처라고 생각되는 부분에서 독고 원장은 순순히 물러섰다. 거기서 정면승부를 건다면 승패가 갈릴만한 장면이었다. 확실하게 앞서지 않는다고 판단한 설태희가 아리송한 사활에서 손을 빼면서 대세 점을 찍었고 독고원장은 한참을 고민하다 응징하러 오지 않고 자신의 약점을 보강했다. 이제 손을 빼면 패도 없이 죽어갈 상황이라 설태희도 어쩔 수 없이 보강을 했지만 형세는 이미 설태희에게로 돌아선 상태였다. 독고 원장이 팔짱을 끼고 앉아 혼자 중얼거렸다.

"거기서 잡으러 갔어야 했나?"

딱히 대답할 말이 없었다. 장고가 이어지고 있었

다. 설태희가 슬쩍 몸을 일으키면서 말했다.

"머리가 아파서 잠시 바람 좀 쐬고 오겠습니다. 양해를 구합니다."

독고 원장이 대답했다.

"되도록 천천히 오시오. 여기서 반면을 뒤집을 묘수를 찾아내려면 30분 정도는 걸릴 겁니다. 담배를 피시면 나가서 한 대 피우고 오거나 아니면 밖에서 벌어지는 대국을 구경하는 것도 한 방법일 테지요."

정말 신기한 사내였다. 바둑 수를 읽기 위해 외출을 종용하는 대국자는 만나 본 적이 없었다. 하지만 뭐 경천동지할만할 그런 일도 아닌 까닭에 원장실의 문을 열고 기원으로 나갔다. 언제 왔는지 대여섯 명의 사내들이 빙 둘러서서 묘생과 마릴린의 바둑을 들여다보고 있었다. 설태희가 원장실에서 나오자 모두 의아한 시선으로 바라봤지만, 그것도 잠시 그들은 모두 마릴린과 묘생의 바둑을 심각하게 들여다보고 있었다. 설태희도 그들의 바둑판을 넘겨다 보았다. 그는 묘생이 쉽게 마릴린을 제압할 것 이라고 생각했다. 그런데 다섯 점으로 펼쳐진 바둑은 의외로 팽팽했다. 하지만 70수가 진행된 상황인데 마릴린이 머리를 쥐어뜯으면서 심각하게 고민하고 있었다. 한 사내는 노골적으로 마릴린의 등 뒤에 서서 마릴린의 머리에 코를 박다시피 하고 냄새를 맡았다. 마릴린 에게서는 향긋한 여인의 향수 냄새가 진동하고 있었 다. 마릴린이 고민을 하다 막 돌을 놓으려는 순간, 코 를 박다시피 하고 머릿결의 냄새를 맡던 사내가 슬 쩍 옆으로 걸어가면서 중얼거렸다.

"거기는 자충이 아닌가? 밖에서 조이는 게 맞지 싶 다."

마릴린이 바둑돌을 멈추었다. 그리고 다시 바둑판 을 들여다보았다. 묘생이 사내를 향해 눈을 흘기면서 말했다.

"내기 바둑이다. 자꾸 훈수 두면 아구리를 확 찢어 발긴다. 내 거짓말 안 하는 거, 니 알제?"

사내가 대답했다.

"아이고, 묘생 행님, 나는 고마 혼잣말 한 거니더. 마 언론에 자유가 보장된 이 광명천지의 대한민국에 서 내입 가지고 내 혼잣말도 못 합니꺼? 바둑도 잘 두는 양반이 꼭 이래 멋지고 아름다우신 금발의 미 녀를 악착같이 이길라 하십니까?"

마릴린이 사내를 바라보면서 말했다.

"오오, 댄디한 시니어 오빠가 말도 참 뷰티플하게 하신다. 이 아저씨는 이 뷰티플 미스 아메리카한테 기어이 이기고 싶으신가 봐요."

마릴린의 말에 모두 웃음을 터뜨렸다. 특히 사내는 마릴린이 자신에게 말을 건네자 무척이나 재미있어 하는 표정이었다. 다시 장고의 시간이 이어졌다. 마릴린이 두려고 하자 누군가가 또 헛기침을 했다. 마릴린이 손을 멈추고 다른 곳에 두려 하자 모두 조용했다. 마침내 딱 하고 바둑알이 떨어지자 사내들이 고개를 끄덕였다. 마릴린이 판을 한참 동안 훑어보다가 혼잣말을 했다.

"아, 아까 거기 두면 자충이 돼서 내가 먼저 죽는구나. 그걸 몰랐네? 쉬운 수인데 인터넷으로 둘 때는 이런 실수 안 하는데 진짜로 리얼 바둑을 하니까 느낌이 틀리긴 하네요."

"인터넷 바둑은 바둑도 아니다. 손맛이 없잖아. 손에 착착 감기는 그 맛에 바둑을 두는 건데 나는 전에 클릭을 잘못해서 고마 6단으로 떨어져 빗다."

"그런 놈이 인터넷 바둑 만 판이 넘어?"

"말이 그렇다는 겁니다. 뭐 이제는 6단에서는 안 놉니다. 7단에서 놀다가 운 좋으면 8단도 가지요. 오래 못 버텨서 글치 만요. 헤헤. 우리 동네에서는 그래도 알아주는 바둑인데 바둑향 기원에만 오면 완전 하수가 되어 버리네요. 음."

"그럼 하수들 한테서 왕 노릇하지 그래? 용의 꼬리가 되느니 뱀의 머리가 되라는 속담도 있잖아."

"뭐 오래도록 뱀 머리 하다가 재미가 없어서 용 꼬리하러 왔지요. 하하하."

설태희는 깜짝 놀랐다. 바둑향 기원이라는 곳이 아마추어의 강자들이 모이는 곳이라는 소문은 듣고 있었지만, 타이젬 6단이 완전 하수 취급당하는 곳일 것이라고는 생각하지 못했다.

이곳을 한번 정복해? 가끔은 도장 깨기를 생각해 본 적이 있었다. 일모에게 바둑을 배우고 하산한 이래, 자신의 정확한 실력을 가늠해보고 싶었다. 정상급으로 펄펄 나는 젊은 프로기사가 아니라면 누구라도 질 자신이 없었다. 9단에서 한참 기세가 올랐을 때는 한국 프로랭킹 10위권 이내의 기사를 이긴 적도 있었다. 물론 첫판을 이기고 두세 판을 내리지는 바람에 이대 일로 지긴 했지만 두 판 모두 아슬아슬하게 진 것이었다. 물론 그것이 실력으로 진 것이지만 아마추어인 자신이 프로를 백을 들고 불계로 이긴 것은 대단한 일이었다. 훗날 그 프로기사가 무척 자존심이 상해서 상대는 중국이나 대만의 프로기사가 분명하다고 역설을 하였지만 설태희가 정체를 밝히지 않은 까닭에 흐지부지 끝나고 말았다. 그 이후로 설태희는 종종 무명의 작은 기원에 가서 최고수를 박살내는 상상을 하곤 했었던 것 이다. 그런 상상을 하면서 마릴린과 묘생의 바둑을 볼 때 묘생이 설태희를 바라보면서 말했다.

"원장님과 대국 중이 아닌가요? 바둑 두다 말고 나와서 남의 바둑을 들여다보는 것은 상대에 대한 실례가 아닌가요?"

설태희가 대답했다.

"기사 회생의 묘수를 찾을 때까지 천천히 오시랍니다."

묘생이 화들짝 놀라면서 말했다.

"백을 들고 앞선단 말입니까? 하지만 끝날 때까지 끝난 게 아닙니다. 끈질긴 승부로 다 이긴 판을 뒤집

비트코인 삼국지

어서 역전시킨 판이 엄청납니다. 우리 들 중 역전패 한 번 안 당한 사람이 없을 정도입니다. 당신이 이겼다고 생각하는 순간이 바로 가장 위험한 순간입니다. 가서 집중해서 원장님의 코를 납작하게 눌러주세요."

마릴린이 말했다.

"원장님 코를 눌러줄 생각 마시고 아저씨 코나 조심하세요. 내가 아저씨 코를 납작하게 눌러드릴 겁니다."

희고 곱고 가느다란 손 하나가 허공을 건너온다. 묘생이 당황하는 사이, 마릴린의 손가락이 묘생의 코를 눌렀다. 헉, 하고 설태희가 놀란다. 이 여자 선을 넘어도 너무 넘는다. 갑자기 웃음이 터진다. 자신들의 바둑은 아무도 두지 않고 약 십여 명이 두 사람의 바둑을 들여다보다가 갑자기 묘생의 코를 누르는 마릴린을 보자 웃음이 터진 것이다. 당황한 것은 묘생이었다. 막내딸 정도도 안 되는 여자아이가 자신의 코를 누를 줄은 상상도 못 한 것이다. 그런데 손을 떼면서 한 말이 더 가관이었다.

"내가 아저씨의 코를 납작하게 해주었어요. 핸섬맨 님도 어서 들어가서 원장님이라는 분의 코를 납작하게 눌러주세요."

정말 눌러주라는 걸까? 하지만 한국적인 정서로는 이해가 안 가는 부분이다. 자신의 스승님과 친구 분이었다는 게다가 현재 맹인기를 두고 있는 상대방의 코를 눌러준다는 것은 상상만 해도 끔찍한 결례일 것이다. 아무리 자상하고 착한 어른이라고 해도 머리끝까지 화가 치밀어 바둑판을 던져 버릴지도 모를 일이었다.

"이길 자신은 있지만 진짜 코를 누르는 것은 대한민국에서는 엄청난 실례입니다. 아가씨도 아버지뻘도 더 되는 분의 코를 누르는 것은 엄청난 미스테이크입니다. 사과하세요."

"정말요? 나는 애정의 표현을 한 건데요?"

마릴린이 묘생을 바라보니 묘생도 싱글벙글 웃고 있었다. 묘생이 대답했다.

"뭐 딸 같은 아이가 재롱을 부린다고 생각하면 미스테이크라고 할 것도 없습니다. 오히려 이렇게 친근하게 장난도 치고 그러니까 무척 친해진 느낌이 듭니다. 우리 친구 할까? 나는 묘생이라고 하지. 아가씨의 이름이 뭐랬지? 마릴린 이었나?"

"맞아. 나는 마릴린이야. 묘생 아저씨랑 프렌드 하

　　　　　　　　　　비트코인 삼국지

면 좋지. 하지만 아저씨를 기분 나쁘게 하거나 함부로 하는 짓은 하지 않겠어."

"나는 그래, 기존의 도덕이나 격식 따위에 얽매이는 묘생이 아니란 말이지. 빌어먹을 놈의 권위주의 따위는 개나 물어가라지. 산전수전 공중전 다 겪으면서 생로병사와 길흉화복을 넘나들면서 나의 사고방식은 완전 프리하게 열려 버렸지, 그러니까 아가씨가 실수 한 건 없어. 나한테는 그래도 된다. 왜냐하면 내가 쿨하게 받아드리니까 문제 될 게 없지."

설태희가 무심한 시선으로 묘생을 바라보았다. 나이답지 않게 까불까불하면서 원장님께 꾸중을 듣던 묘생의 새로운 면모였다. 사실 설태희가 묘생을 처음 본 느낌은 나이 값을 못하는 주책없는 중늙은이라는 생각이었지만 지금의 묘생은 깨어있는 사람이었고 열려있는 사람이었다. 머릿속으로 촉새라는 소리가 들렸다. 맞다. 묘생과 설태희는 몇 번의 전생 이전에 만난 적이 있었다. 묘생이 자신을 배신하여 관직을 잃고 낙향하여 오래도록 힘겹게 산 기억이었다. 어쩐지 얄밉더라니, 그리고 이제야 만난 것이다. 촉새처럼 앞으로 툭 튀어나온 입과 촐랑촐랑 불안한 눈동자는 몇 백 년 전 모습 그대로였다. 설태희가 돌아서서 원장실로 향했다. 원장실에 대기하고 있던 아주머니는 보이지 않았다. 원장이 말했다.

"그 비구니는 갔어."

판을 살펴보았다. 묘한 곳에 흑의 돌이 놓여있었다. 신기한 위치였다. 공격도 아니고 방어도 아니었다. 목적과 용도가 애매한 돌이었다. 무릇 모든 돌에는 쓰임새가 있다. 공격하고 방어하고 심지어 버리는 돌까지도 돌 하나하나에 나름의 의미가 있었다. 그런데 반상에 놓인 흑들은 정말 그 용도가 애매했다. 뭐지? 그때 원장의 목소리가 들렸다.

"인연은 푸는 것이 아니다. 풀려고 하다 보면 더 엉키는 법이다."

"무슨 말씀이신지?"

"묘생, 그 아이 말이다. 비록 너와는 좋지 않은 전생의 인연이 있다. 하지만 그 인연을 억지로 풀려고 하면 오히려 꼬인단 말이다. 흐르는 대로 버려두어라. 알았지?"

"네, 그리할 작정입니다. 제가 딱히 할 그 무엇도 없습니다."

비트코인 삼국지

"일모 그 아이가 너를 제대로 가르쳤구나."

"고맙습니다."

바둑판을 천천히 살펴보았다. 달라진 것은 없었다. 곁에서 좌표를 불러주던 전생의 비구니는 어디론가 떠나고 덩그러니 바둑판만이 외롭게 설태희를 기다리고 있었다. 그런데 신기했다. 그토록 집중되던 바둑판이 눈에 들어오지 않았다. 보이는 데도 집중이 되지 않는다. 그런데 원장은 눈에 보이지도 않는 바둑을 고도로 집중하여 두고 있다. 설태희는 처음부터 한수 한수 되 집어 기억하기 시작했다. 여기서 변화가 시작되고 여기서 전투가 시작되고 여기서 원장님이 양보하여 조금씩 앞서고 그러다가 돌연 깜짝 놀라고 말았다. 커다란 검은 바위가 눈앞에 떡하니 놓여있었다.

산길로 올라가는 길목에 거대한 흑암이 존재한다. 마치 처음부터 그곳에 있었던 것처럼 당당한 자세로 군림하고 있다. 돌아갈 길도 없다. 팔방풍우. 십면매복. 그 어떤 단어로도 이 거대한 검은 바위를 감당할 자신이 없다. 다시, 눈을 감는다. 바위의 거대한 존재감이 가슴을 압도한다. 천천히 호흡을 가다듬는다. 우주의 점처럼 작아지다가 다시 눈을 뜨자 바둑판 위에 놓인 흑돌이 보인다. 그저 평범한 흑돌이다. 잠시 마가 들끓었다. 心魔심마가 감히 고수의 가슴을 흔들어 놓았다. 건너다본다. 검은 안경을 쓴 까닭에 표정을 읽을 수가 없다. 아니 표정은 처음부터 없었는지도 모른다. 코를 눌러줄까? 문득 마릴린이 떠오른다. 정말 코를 누른다면 이 원장님은 어떤 표정을 지을까? 나는 일모를 통해서 차크라를 여는 법을 배웠다. 스승님은 말씀하셨다. 조선 천지에 아마로는 너를 능가할 바둑은 없다. 하지만 바둑과의 연은 여기까지다. 바둑을 업으로 삼지 마라. 너에게 허락된 세상이 아니다. 하지만 바둑을 업으로 삼는 자라 할지라도 너를 함부로 대하지는 못할 것이다. 너는 천하제일고수가 되지는 못할 지라도 천하제일고수가 너를 함부로 대하지는 못할 것이다. 무슨 말씀이십니까? 경계다. 그들과 너의 경계가 있다. 네가 선을 넘어가 그들을 밟지 마라. 네가 밟으면 밟히는 것은 너일 것이다. 밟지 마라. 밟지 마라. 밟지 마라. 그렇다고 져 줄 수는 없는 거 아닙니까? 바둑이라 하는 것이 일부러 지는 행위는 상대방을 기만하는 것이며 상대방은 모욕을 당하는 것이지요. 어느 기사가 있어 상대가 져주는 것을 고마워 할 수가 있겠습니까? 이왕 시작된 판입니다. 또 상대는 프로기사도 아닙니다. 나는 이길 것입니다.

눈을 떴다. 이수는 아무것도 아니었다. 그냥 평범한 수였다. 약 십여 분의 장고를 하다가 판 위에 돌을 놓았다. 여전히 세 집 정도 앞서고 있었다. 반면 승부로 세 집을 앞서고 있다는 것은 필승의 국면이다. 이제 모든 변화는 다 읽었고 마무리는 그렇게 진행될 것이다. 남기는 오십 여수가 남았지만 다 잔잔한 끝내기다. 몇 수가 진행되었다. 그러다가 설태희는 그만 저절로 악 소리를 지르고 말았다. 분명히 집으로 읽었던 부분이 옥집이었다. 상대가 치중하고 먹여치는 순간, 촉촉 수가 발생한 것이다. 이런 초보적인 실수를 하다니, 이건 5급 만 되어도 하지 않을 실수였다. 그래도 한집 이긴다. 다시 천천히 집을 헤아렸다. 한집인가? 왜 이러지? 계가의 신이라고 스승님은 말씀하셨다. 그런데 갑자기 자신이 없어졌다. 툭, 옥집을 이으려고 두었는데 자충이었다. 정신이 아찔했다. 진 건가? 왜 이러지? 어디선가 트로트가 크게 흘러나왔다.

큰 소리로 울면서 이 세상에 태어나
가진 것은 없어도 비굴하진 않았다.
때론 사랑에 빠져 비틀댄 적 있지만
입술한번 깨물고 사내답게 웃었다.

긴가민가 하면서 조마조마 하면서
설마설마 하면서 부대끼고 살아온
이세상을 믿었다. 나는 너를 믿었다.
추억묻은 친구야 물론 너도 믿었다.

갑자기 머리가 혼란스러워 지기 시작했다.
긴가 민가 하면서 긴가 민가 하면서
설마설마 하면서 조마조마 하면서
노래가 끝없이 머릿속에서 반복되고 있었다.
조마조마 하면서 긴가민가 하면서 설마설마 하면서

왜 이럴까? 툭, 바둑판 위로 백 돌이 힘없이 떨어
져 내렸다. 자충이었다. 스스로의 멀쩡한 집을 한집
메우는 상황이 된 것이다. 원장이 입가로 미소를 흘
리면서 중얼거렸다.

"어디에 두셨나?"

판 위를 손바닥과 손가락을 이용해 확인하는 원장의 입가로 미소가 흘렀다.

"이러면 필패의 국면이 필승으로 가나?"

머리를 흔들고 생각에 잠겼다. 판 위를 촘촘하게 훑었다. 필승의 바둑은 어느새 필패의 바둑이 되어 있었다. 혹시나 하는 마음에 두 어 수 두다가 마음을 결정했다. 혹시라도 원장이 실수를 할까 걱정되는 마음이 들었다. 그런 식의 승리는 싫었다. 패배는 인정하면 되는 것이다. 아무것도 걸리지 않은 바둑, 사부의 표현을 빌리자면 빈 바둑에 자존심을 버리면 안되는 거였다. 굳이 계가를 한다면 한집이 부족할 터였다.

"졌습니다."

제 9부

金髮금발의
여기사

복기 따위는 없었다. 독고원장은 이미 두면서 몇십 번의 복기를 했을 것이다. 태희는 밖의 바둑이 궁금했다. 독고원장에게 꾸벅 인사를 하고 밖으로 나간다.

"밖의 대국을 보겠습니다."

"보나 마나지. 오늘은 보기엔 맑은 날이지만 하늘은 음기로 가득 차 있고 백보다는 흑의 기운이 왕성한 상태지. 흑을 든 사람이 이겼을 거야. 게다가 양기보다는 음기가 강한 상태이다 보니 여자가 이기겠지. 확인하고 싶으며 보고 들어오게. 아, 들어 올 때는 마릴린이라는 그 아이와 같이 들어오게."

"예? 저는 저 여자 분을 잘 모르는데요?"

"몇 번의 생이 얽혔는데 모른다고? 이놈 참 무정한 놈일세. 이러려고 하늘이 우릴 같은 날 같은 장소에 불른 것은 아닐진대…. 괘씸한 놈일쎄?"

그리고 말이 없었다. 마릴린과 내가 전생에 이미 얽혔있다고? 원장실을 나가자 모두들 흥미진진한 얼굴로 열심히 두 사람의 바둑판을 들여다보고 있었다.

묘생이 힐끗 설태희를 바라보았다. 설태희와 묘생의 눈이 허공에서 얽혔다.

"한판 보시하셨네?"

"본의는 아니었습니다."

"역시 원장님은 첫판 불패야. 원장님께 첫판을 이긴 사람은 아무도 없지. 난 혹시나 자네가 그 기록을 깨지 않을까 기대했지만 역시 원장님은 대단하신 분이야."

마릴린이 설태희를 물끄러미 바라보았다. 설태희도 마릴린을 물끄러미 바라보았다. 순간, 모든 시간과 공간이 정지했다. 잔잔한 강물 소리가 두 사람의 가슴을 적시고 있었다. 서로의 눈동자 속으로 기억을 타고 흐르는 순간, 두 사람은 아주 오래된 친구처럼 편한 마음이 있었다. 판을 보았다. 흑의 세 집 승이 확정되었다.

"우와 이겼다."

마릴린이 벌떡 일어나서 소리를 질렀다. 구경하고 있던 모든 사람들이 박수를 쳤다. 마릴린이 다시 태희를 바라보았다.

"인터뷰 안 해요?"

"무슨?"

"승자 인터뷰요."

마릴린이 기원용 바둑알 뚜껑을 들어 태희에게 내밀었다. 태희가 어리둥절하다가 바둑 돌 뚜껑을 그녀의 입가에 대면서 물었다.

"오늘 바둑향 기원에서 강자 중에 강자로 알려진 묘생 사범님과 바둑을 두어 이겼습니다. 모두의 예측은 백을 든 묘생이 유리할 것이라 했지만 우여곡절 끝에 세 집을 이겼습니다. 어떤 작전을 구사하셨나요?"

"작전은 저의 미인계였습니다."

"미인계라고요? 도대체 미인이 어디 있다는 겁니까? 작전이 통한 건가요?"

"저의 미모에 혹한 묘생 선생님께서 수읽기보다는 저의 미모를 훔쳐보다가 그만 결정적인 실수를 범하시어 결국 패배했습니다. 이게 미인계가 아니고 뭔가요? 그리고 미스터 핸섬씨는 눈이 나쁜가요?"

"눈이 좋습니다. 양쪽 시력이 이쩜영 이쩜영으로 국방부가 인정한 시력입니다."

"그런데 눈앞에 미녀를 못 알아보고 자꾸 미인이 어디 있느냐 하니 좀 바보 같아서 그럽니다. 만약 작전이 아니었다면 객관적인 전력으로 제가 불리했고 다시 둔다면 저의 승리를 보장할 수 없는 상황입니

비트코인 삼국지

다. 미인계가 아니라면 어떻게 이겼을까요?"

"어이쿠, 이것으로 오늘 금발의 미녀기사 마릴린 과의 승자인터뷰를 마칩니다."

그때 원장실의 문이 열렸다. 그리고 선 그라스를 낀 원장이 입구에서 큰 소리로 말했다.

"두 분의 손님은 원장실로 오시기 바랍니다. 그리고 묘생은 세 사람이 마실 커피를 사오너라. 아이스 아메리카노 두 잔에 아이스 까페라떼 한잔, 까페라떼 에는 시럽 두 번 넣어 달라고 해라. 너도 먹고 싶으면 추가해라. 그것도 내가 사주겠다."

"현재까지 십이만 사천 원 밀려있습니다. 오늘 거 합치면 십삼만 칠천 원입니다."

"알았다. 이십 만 원 채우면 현찰로 줄 테니 보채지 마라."

마릴린이 설태희의 손을 잡으면서 말했다.

"인사는 트고 지내야지. 나는 알다시피 마릴린 너는 네임이 왓?"

"태희야. 미스터 설태희라고 클 태자에 기쁠 희자 야 좀 한자는 어렵나?"

"한자치고는 쉬운 걸 쓰네. 일 년 정도 한자 공부

열심히 하고 막 자신이 생겼을 때 시골의 어느 식당에 외국 친구들 데리고 갔어. 그런데 흙벽에 한자가 두 글자 있었어. 그래서 친구들이 물었지. 너 한자 공부 많이 했다며? 저거 읽어봐. 그런데 못 읽었어. 한 글자도 못 읽었지. 바보처럼 말이야"

"무슨 글자였는데?"

마릴린이 수첩을 꺼내어 한자를 썼다. 설태희가 보니 '雉湯'이라고 적혀있었다.

"치탕이잖아. 꿩고기를 넣고 끓인 국을 말하는 거지. 국이라긴 좀 그렇지만 뭐 그런 음식이 원주 쪽에 가면 있긴 하지."

"우와, 자기는 정말 한문을 잘 안다."

"나도 한문을 어려워했는데 어느 날부터 갑자기 쉬워졌지. 예전에 이미 공부한 느낌!"

두 사람이 나란히 원장실의 문을 열고 안으로 들어섰다. 원장은 검은 안경을 쓴 채 자리에 앉아있었다. 두 사람은 망설이다가 원장의 맞은편에 마릴린이 앉고 옆자리에 설태희가 앉았다. 마릴린이 바둑판을 손바닥으로 만지면서 말했다.

"앉은 김에 한 수 하고 싶은데 우와 자존심이 왕창

상하네요. 눈을 뜨고도 눈이 안 보이는 상대한테 한참을 깔고 두어야 한다니 나는 왜 이 모양일까요?"

"마릴린이 약한 게 아닙니다. 원장님이 강하신 겁니다. 멀쩡하게 눈을 뜨고도 원장님을 못 이기는 사람이 엄청나게 많은 겁니다. 스스로 비하하지 마십시오. 원장님도 그걸 원하지는 않으실 겁니다."

원장이 껄껄 웃으면서 말했다.

"귀여운 것들 같으니라고, 너희들 나 기억 안 나는 거야? 아니면 기억이 안 나는 척 하는 거야? 아주 안면을 싹 바꾸네?"

마릴린과 설태희가 당황한 시선으로 서로를 마주보았다. 설태희는 오래도록 망설이다가 바둑향 기원을 검색하여 찾아온 것이었고 마릴린은 교환학생으로 왔을 때 마음에 드는 남학생이 Y대 기우회에 속해 있어서 같이 잘해보려는 욕심으로 기우회에 들었지만 그 남학생에겐 이미 여자 친구가 있었고 다른 기우해 멤버들이 멋진 여학생을 놓치지 않으려는 마음으로 친절하게 가르쳐 주었고 또 신기할 정도로 바둑에 재능이 있어서 몇 년간 기우회 활동을 열심히 하면서 바둑이 늘 수 있었던 것이다. 마릴린 역시 바둑향 기원이라는 간판을 보고 그 자리에 서서 폰으로 검색을 하여 맹인 대국에 대한 정보와 독고 원장의 실력이 대단하여 여러 차례 여타의 대회에서 우승한 것을 알고 있었던 것이었다. 마릴린이 물었다.

"저는 원장님을 처음 뵙는 데요? 물론 아까 바둑향 기원 문밖에서 핸드폰으로 검색을 해서 기본적인 정보는 알지만, 저를 아는 체하니 저는 무척 당황스러운 데요?"

"너는?"

독고원장이 태희에게 물었다. 반말과 공대를 오가긴 했지만 이렇게 노골적으로 하대를 하는 것은 처음이었다. 하지만 그다지 거부감은 들지 않았다. 나이로 보나 또한 스승님과의 인연으로 보나 자신에게 하대를 해도 전혀 어색한 상황이 아니었다. 하지만 갑작스러운 질문은 당황스러울 뿐이었다.

"저도 처음입니다. 원장님은 저희 사부님을 알고 계신다고 했지만 저는 사부님으로부터 원장님에 대한 이야기를 구체적으로 들은 기억이 없습니다. 언젠가 찾아가면 좋은 인연을 소개해 주신다고 했습니다. 하지만 원장님이 저를 보자마자 알아보시니 놀랍습니다. 무슨 초능력자나 점술가도 아니면서 저에 대해 정확하게 말씀하시니 당황스럽네요."

"왜 초능력자나 점술가가 아닐 거라고 생각하지? 넌 무협지도 안 보냐? 무협지에 보면 점술가들 중에 맹인 점술가들 많잖아. 왜 박촌 이란 놈이 쓴 월하기 객에서도 맹인 점술가 놈이 등장하지. 너 월하기객은 읽어봤냐?"

"예, 저도 무협을 좋아하는 지라, 특히 무협과 바둑을 버무린 신선한 조합이라 읽어본 기억이 있습니다. 그렇 다면 원장님은 초능력자에 점술가란 말씀인가요?"

"뭐 그렇게 대놓고 물어보면 민망하다. 하지만 약 간의 초능력과 약간의 미래를 읽어내는 능력이 있긴 하지. 그리고 너희들의 인연에 대해서도 내 눈에는 환히 보이지."

"제가 보여요?"

"보이지. 사실은 마릴린 너도 바둑 실력이 상당하 다는 걸 나는 알고 있다. 오늘 바둑을 둔 것도 보면 사 기 바둑이라고 할 수 있지. 너는 사실 프로기사가 되 는 걸로 꽤 오래도록 심각한 고민을 했지만, 프로로 살아남기에는 승부에 대한 냉정하고 치열한 면이 부족하다는 생각에 포기했지. 아마 나랑 실력이 비슷할 거야. 타이젬에 전적이 꽤 좋은 8단 아이디가 있지?"

"우와, 사부님. 정말 최고야! 베스트."

벌떡 일어선 마릴린이 갑자기 큰 절을 올린다. 바닥이 좁고 불편하여 자세가 안 나왔지만 굳이 큰 절을 올리고 있었다. 독고원장은 그런 상황을 즐기는 것처럼 보였다. 독고 원장이 물었다.

"지금 무슨 일이 벌어지고 있는 건가?"

설태희가 대답했다.

"마릴린이 큰 절을 올리고 있습니다."

독고 원장이 고개를 끄덕이면서 대답했다.

"맞아. 너와 나는 본래 인연이 있었다. 다만, 네가 깨닫지 못하고 있었을 뿐이다."

절을 마친 마릴린이 다시 자리에 앉았다. 그때 문이 열리고 묘생이 넉 잔의 커피를 들고 들어와 모두에게 배분을 하고 자신도 옆자리에 앉았다. 독고 원장의 손을 더듬거려 커피 잔의 위치를 확인했다. 그리고 말했다.

"오늘 무적의 사인방이 삼백 년 만에 한자리에 앉았으니 내 그 기념으로 커피 한잔씩을 돌린다. 모두

맛있게 먹고 삼백 년 아니, 정확하게 말하면 삼백 일 년 칠 일 만에 만나는 회포를 풀어볼까 한다."

마릴린이 대답했다.

"오늘 독고 원장님 신통력 억수로 발휘하시니 나 마릴린 뭐가 뭔지 하나도 모르겠다. 무적의 사인방이 다시 만난 것은 좋지만 나는 기억이 하나도 안 난다. 핸섬한 오빠 야는 기억나나?"

"나도 안나요. 도대체 뭐가 어떻게 돌아가는 건지, 설명을 좀 해주시죠?"

"일단 커피를 마셔라."

딸깍, 에어컨 가동 되는 소리가 들리면서 묘생이 밀고 들어왔던 문이 닫히는 소리가 났다. 그리고 어디선가 우웅 하는 강력한 소리가 들렸다. 독고 원장이 소리쳤다.

"삼백 년 전 그때로 돌아가자."

순간, 모두가 아득했다. 현존하는 모든 것들이 무의식으로 침몰하기 시작했다. 의식의 기억들이 무저갱으로 가라앉으면서 다섯 개의 감각이 사라지고 여섯 번째 감각이 눈을 뜨기 시작했다. 그리고 삼백 년 전, 어느 날의 구룡사로 돌아가 있었다.

제 10부

구룡사를
지켜주세요

구룡사의 밤은 깊었다. 휘영청 걸린 달은 중천에 걸려있었고 이제 막 자정을 지난 구룡사는 정말이지 절간처럼 고요하다는 말이 무색할 정도로 깊은 적막에 잠겨 있었다. 과거시험을 준비하기 위해 와있던 태희는 이상한 설렘으로 잠을 이루지 못하고 있었다. 벌써 몇 번의 과거를 낙방한 그가 독한 맘을 먹고 구룡사에서 공부하기로 맘을 먹고 공부에 전념하고 있었던 것이었다. 그런데 오늘 정오쯤에 갑자기 마주친 한 여인으로 인하여 마음이 싱숭생숭하였던 까닭이었다. 어지간한 미모의 여인은 눈길조차 주지 않던 태희였지만 오늘 정오에 잠깐 만난 여인은 그 느낌이 남달랐다. 세 명의 무사가 한 여인을 호위하고 있었다. 고관대작의 부인으로 보이는 중년 여인을 호위하는 세 명의 호위무사 중 한 명이었다.

"걸음을 멈추라. 감히 마님의 앞길을 막으려는 것이냐?"

비단을 찢는 것처럼 날카로운 음성이 설태희의 고

막을 갈랐다. 설태희가 깜짝 놀라 고개를 드니 시퍼런 칼날 하나가 설태희의 목 앞에 멈추어 있었다. 땅만 보면서 뚜벅뚜벅 걷다가 그만 대웅전 뒤뜰에서 허공을 바라보던 중년 여인을 보지 못하고 그 여인을 향해 걸음을 옮겼던 것이었다.

"죄송합니다. 생각에 잠겨있다가 그만,"

멀리서 그 모습을 지켜보던 일연 스님이 놀라서 달려와 호위무사를 향해 말했다.

"한양에서 과거시험을 준비하기 위해 온 현 병조판서인 설영빈 대감의 큰 자제되시는 설태희 도련님이십니다. 막바지 시험공부에 전념하느라 앞을 보지 못하고 걸었던 거지요. 오해 없으시기 바랍니다."

일연 스님의 말에 중년여인이 면사를 걷으면서 대답했다.

"병판대감은 저희 영감과도 우애가 깊으니 오해라고 할 것도 없지요. 병판대감의 자제분이야 영민하기로 소문난 분이니 이번 대과의 급제는 따 놓은 당상이나 마찬가지겠지요."

설태희가 대답했다.

"호부에 견자 없다고 하였으나 저야말로 호부의 견

자가 아닐까 생각합니다. 잡생각에 빠져 걷다가 마님께 결례를 하였으니 부디 용서하여주시기 바랍니다."

"저 아이는 우리 가문과 잘 아는 집안의 자제니 민아는 그 칼을 거두라."

민아라고 불리는 여인이 칼을 거두었다. 설태희의 목젖에서 또르르 하고 핏방울 하나가 굴렀다. 민아가 칼을 칼집에 꽂으면서 말했다.

"시절이 흉흉하여 과민한 반응을 보였으니 도련님은 부디 노여움을 푸시기 바랍니다."

차가움이 풀풀 넘쳤다. 그리고 민아라고 불린 여인은 차갑게 돌아섰다. 다른 무사들도 노여운 눈으로 설태희를 바라보다가 돌아섰다. 그렇게 마주친 여인의 눈빛이 시리도록 가슴에 남았다. 차갑고 서늘한 감촉으로 닿았던 목젖의 실금처럼 그어진 상처보다 더 깊은 생채기가 설태희의 가슴에 화인처럼 남았다.

민아라고 했던가? 그 서늘한 눈빛과 날카로운 눈빛이 가슴을 떠나지 않았다. 다시 만나고 싶었다. 뭐라고 말이라도 해보고 싶었다. 그 날카로운 눈빛에 서늘한 눈매에 가슴이 서늘해서 한마디도 하지 못한 것이다. 어느새 자정이 넘어있었다. 촛불을 불어 끄

비트코인 삼국지

고 경내를 산책하기 위해 마당으로 내려섰다. 그때 구룡사의 경내에 비상종이 울었다.

비상종은 긴급사태가 아니면 울리지 않았다. 나라에 국란이 일어나거나 화재나 화적떼가 출몰하기 전에는 울리지 않는 비상 타종이 울린 것이다. 비상 타종이 울리면 구룡사 경내의 모든 사람 들 남녀노소 승속이나 상관없이 모두 대웅전의 뜰로 모이는 것이다.

"무슨 일이지?"

이곳에서 같이 머물고 있던 머슴 묘쇠가 어느새 다가와 설태희의 곁에 머물렀다.

"죽을 위기에 있을 때는 보이지 않더니 비상타종이 울리니 나를 구하러 온 거냐?"

"도련님의 명령으로 술을 사러 갔었지요. 나 이런 술심부름했다는 거 대감님이 아시면 나야말로 능지처참을 당할 겁니다. 나는 도련님께 목숨을 걸었으니 나중에 나 한번은 구해 주셔야 합니다."

"걱정 마라. 너와 나는 한마음 한뜻으로 뭉친 전우가 아니냐?"

"좀 과잉의 감정입니다. 어디까지나 주종의 관계로 알고 있습니다. 제가 맘먹는 걸 굉장히 싫어하시는 걸로 알고 있는데요?"

"비상타종의 원인을 알아?"

"방금 접수한 따끈따끈한 정보입니다. 면벽에 드셨던 일연 스님께서 갑자기 구룡사에 위기가 닥쳤다면서 비상타종을 하여 대웅전 앞뜰로 사람들을 집합시킨 것입니다."

"네가 술 사러 갔던 시간에 다른 생각을 하면서 걷다가 영의정 대감의 부인과 부딪칠 뻔했다. 그리고 그때 그 부인의 호위무사로 있던 한 여인이 내 목에 이렇게 생채기를 내고 말았다. 물론 내 마음에는 더 큰 상처가 생겼다."

"호위무사가 건방지군요. 감히 병판 대감의 자제를."

"내 잘못이 크니 할 말이 없더구나."

"그러면 끝인데 왜?"

"호위무사가 여자였다. 남장을 하고 있었지만 눈매도 곱고 얼굴도 작은 분명한 여인이었다. 그것도 아주 젊은 여인."

"설마 그분에게 반한?"

"아무래도 그런 거 같다."

"그렇게 아무나 보고 금방 사랑에 빠지는 것은 위

비트코인 삼국지

험한 일입니다."

"최근에는 이런 일이 없었다."

"얼마 전에 주막집 과부를 보고도?"

"시끄러."

"조금 있으면 모두 대웅전 앞으로 모일 것입니다. 어쩌면 도련님 가슴에 생채기를 남기신 분을 만날 것 같기도 합니다. 그런 걸 일러 운명적인 만남이라고 하지요."

자정이 지난시간 모두 잠에서 깬 어수선한 얼굴로 대웅전 앞뜰에 모였다. 키가 작고 눈빛이 부리부리한 일연 스님이 대중 앞에 썩 나서더니 큰 소리로 외쳤다.

"천기를 읽다가 부처님의 뜻을 깨달았습니다. 참선이나 하면서 도를 닦기에는 현세가 너무 흉흉한 까닭에 분연히 비상타종을 친 것입니다. 내일 아침 해 뜰 무렵에 50명의 화적단이 이 구룡사를 들이닥칠 것입니다. 여기에 정부의 고위직의 자제분도 있고 고위직의 안방마님도 계십니다. 그들은 이성을 상실한 패잔병입니다. 관군에게 쫓기는 반군의 무리인지라 일반적인 화적단과 그 궤를 달리합니다. 이런 경우를 대비하여 피난처를 준비해 두었지요. 하지만 천기를 읽어보니 그들의 기세가 흉흉한지라 막아내기가 쉽지 않습니다. 여기 있는 젊은 분들은 승병 출신의 스님들과 같이 연합하여야 하니 자원하여 주시기 바랍니다. 아녀자와 어린아이는 스님들의 안내에 따라 모두 피난하여 주십시오. 혹여 도망칠 생각은 하지 마시기 바랍니다. 그들은 이미 오리 이내에 접근해있고 해가 뜰 무렵에 구룡사를 기습할 것입니다."

설태희는 주변을 살폈다. 영의정의 부인은 역시 세 명의 호위무사를 동반하여 그 이야기를 듣고 있다가 얼굴이 사색으로 변했다. 도망치기엔 이미 늦었다는 말에 실망하는 기색이 역력했다. 설태희는 사람들 사이를 헤치고 민아라고 불리는 여인을 향해 다가갔다. 여인은 여전히 남장을 하고 있었다.

"마님이 걱정되어 다가온 것입니다. 이 난국에 심려가 크시지요?"

설태희의 말에 부인이 대답했다.

"나만 겪는 일이 아니지요. 나라가 어수선할 때이니 어쩔 수 없는 일이지요. 대감께서 극구 말리시는 걸 부처님께 불공을 드릴 욕심에 호위무사 세 명만 데리고 여기로 온 제 죄가 큽니다."

비트코인 삼국지

"부처님께서 돌보실 것입니다. 저는 승병들과 합류하여 반군을 토벌할 것입니다."

"그냥 피난처에 숨어 있는 것이 좋을 듯합니다. 그런다고 나무랄 사람은 아무도 없습니다. 병판 대감의 아들이니 누가 뭐라고 하겠습니까?"

달빛 아래 피식 웃는 민아의 얼굴이 보였다. 설태희가 단호하게 말했다.

"손 하나가 아쉬운 상황입니다. 남들은 저를 그냥 연약한 도련님으로 생각할지 모르지만 제가 무과와 문과를 오래도록 고민했었지요. 오래도록 무술을 단련했고 궁술과 검술 그리고 병서까지 통달한 뼛속까지 무인인 사람입니다. 아버님 또한 병권을 쥐고 계신 무관 출신입니다. 아버님께서 내가 머리가 좋다고 과거를 보라고 하셔서 그렇지 무과에 지원했다면 벌써 한자리 차지하고 있었을 것입니다. 그리고 구룡사의 모든 사람들이 위태로운 상황에 이 멀쩡한 육신으로 피난처에 숨어 있으면 어찌 대장부라 하겠습니까?"

영의정의 부인은 그런 설태희를 대견스러운 표정으로 바라보았다. 민아라는 무사의 눈빛도 많이 부드러워지고 있었다. 그때 일연 스님의 음성이 들렸다.

"피난처로 들어가실 분과 그리고 스스로 승병과 더불어 참전을 하실 분을 모집합니다. 하지만 무섭다 거나 두려운 젊은 남자들은 피난처로 숨으셔도 됩니다."

그때 설태희가 손을 들고 말했다.

"저는 허락만 해주시면 싸움에 참전하겠습니다. 오래도록 무술수련을 했고 무기를 다루는 법도 충분히 익혔습니다. 창과 칼을 자유자재로 다룹니다. 허락해 주십시오."

일연 스님이 대답했다.

"당신은 빠지는 것이 좋겠습니다. 병조판서의 장남이니 오히려 사로잡히거나 하면 몸값을 많이 요구할 수도 있기 때문입니다. 만약 이 전쟁에서 다치거나 목숨을 잃으면 저희 구룡사가 병판 대감에게 면목이 없습니다."

그때였다. 호위 무사 중 한 명이 말했다.

"마님께서 우리의 출전을 허락하셨습니다. 마님은 피난처로 가시고 우리 세 명의 호위무사는 반란군과의 전쟁에 참전할 것입니다. 다행스럽게 저희 호위무사들은 병판의 자식도 아니니 혹여 죽더라도 구룡사에 피해를 끼치지 않을 것입니다."

비트코인 삼국지

민아가 설태희를 바라보았다. 설태희도 민아를 바라보았다. 민아가 뚜벅뚜벅 걸어서 설태희에게로 다가왔다.

"귀한 집 자제분의 목에 칼을 들이댔군요. 장차 나라에 큰일을 하시고 장차 이 나라를 좌지우지할 분이니 피난처로 가서 몸을 숨기시지요. 저희가 도련님을 지키겠습니다. 귀하신 분을 몰라봤으니 무례를 용서하시기 바랍니다. 민망하다는 생각은 하지 마시고 살아남아서 미래를 기약하십시오."

설태희가 껄껄 웃고는 대답했다.

"당신이 나를 죽이지 않을 거라는 것을 알기에 당신이 내 목에 칼을 들이대도 놀라지 않은 것입니다. 나도 오래도록 무술을 수련했고 병장기도 남 부럽지 않을 정도로 다룹니다. 기회가 된다면 한 수의 대련을 청하고 싶습니다."

"아까 들이댄 칼이 무척이나 심기를 상하게 하신 모양입니다. 하지만 한 수 청하였다가 망신을 당하면 어쩌시려고 그러십니까? 심심풀이로 장난삼아 익힌 무술과 삶과 죽음을 넘나드는 생사의 갈림길에서 목숨 걸고 체득한 무술과는 차이가 많을 것입니다. 공연히 객기 부리다가 다치거나 죽으면 본인만 손해지요. 망신당하지 말고 그냥 피난처에서 누룽지나 씹어 먹으면서 승전보를 기다리십시오. 제가 제일 먼저 달려가서 승전보를 전하면서 당신의 놀란 가슴을 진정시켜 드릴 것입니다. 애송이 도련님."

"너무 사람을 띄엄띄엄 보시는군요. 기회가 된다면 한판 정식으로 붙고 싶습니다. 남장여자의 무사님."

민아의 얼굴이 붉어졌다. 모두 민아가 남장여자인 것을 알고 있었지만 아무도 내색하지 않았었다. 하지만 설태희가 공공연히 말해버리자 민아는 얼굴이 붉어지는 것을 숨길 수가 없었다.

"여자의 칼이라고 부엌에서 무나 자를 거라고 생각 했다가는 큰 코 다칠 것입니다. 부디 자중하셔서 목숨을 보전하시기 바랍니다. 자존심 때문에 참전하시더라도 제 뒤에 꼭 숨어 있으십시오. 혹시라도 화살이나 총알에 당할 수도 있습니다."

여기저기서 웃음이 터졌다. 보통 맹랑한 여인이 아니었다. 설태희는 더 이상의 설전이 무의미함을 깨닫고 대답했다.

"저도 참전합니다. 반란군의 무리를 제압한 연후에

꼭 한 번 붙어보고 싶습니다."

"자꾸 붙자고 하시니 민망합니다. 너무 밝히시는 거 아닙니까? 저는 병판 대감의 큰아들이 데리고 노는 기생 따위가 아닙니다. 정식으로 군번을 받은 무사입니다. 저를 너무 우습게 대하지 마십시오."

한바탕 웃음이 흩어지고 피난처로 갈 사람과 반란군과 싸울 사람이 정해졌다. 젊은 사람이 꽤 있었지만, 대부분이 부잣집 자제들인지라 무서움에 피난처로 향하고 젊은 스님들과 참전을 희망한 남자들은 열 명이 넘지 않았다. 일연 스님은 실망한 마음을 숨기지 못했다. 그때 일연 스님이 말했다.

"화적단의 무리가 구룡사를 공격하면 이미 늦습니다. 내 직감으로는 이미 5리 밖에서 구룡사를 덮칠 기회를 엿보고 있을 것입니다. 우리가 먼저 선제공격을 해서 그들을 쫓아 버리는 것이 좋을 것입니다. 옛말에 도둑은 잡는 것이 아니라 쫓는 것이라 했으니 우리가 그들을 굳이 죽일 것이 아니라 겁을 주어 멀리 도망치게 하는 것이 좋을 것입니다."

"좋은 방법이 없을까요?"

일연 스님이 사람들을 모아놓고 뭐라고 속닥거리

기 시작했다. 그리고 그들은 모두 흡족한 미소를 머금고 흩어졌다.

반란군의 두목인 어일홍은 체격이 크고 힘이 좋았다. 본래 양반집의 머슴으로 있다가 자신과 결혼시켜 주기로 한 여인이 대감마님의 방으로 끌려가 겁탈을 당했다. 분노한 그는 그대로 안방으로 달려가 한주먹에 대감을 때려죽이고 도망쳐 화적이 되었다. 그리고 얼마 안가서 화적단 두목이 관군에게 죽임을 당하고 얼떨결에 자리를 이어받아 화적단의 두목이 되었다. 그러다가 쫓기는 반란군과 합세 하면서 큰 무리를 형성했다. 반란군의 수장이 관군과의 전투에서 죽고 반란군과 합세하여 백여 명이 넘던 무리는 어느새 이십 여명으로 줄어들고 다시 습격을 당하면서 쫓기다가 구룡사 근처로 오게 되었다. 그들은 구룡사를 습격하려고 하였으나 구룡사의 일연이라는 주지가 승병을 이끌고 왜구들을 소탕한 적이 있다는 말을 듣고 망설이고 있었다.

새벽이었다. 이십여 명의 반란군 무리는 숨을 죽이고 천천히 구룡사를 향해 다가가고 있었다. 그때 멀리서 새벽닭의 울음이 들렸다. 구룡사의 현판이 보였

비트코인 삼국지

다. 왕에게 현판을 하사받은 까닭에 용이 승천하는 것처럼, 웅장한 기세의 글자가 살아서 꿈틀거리는 것처럼 느껴졌다. 그때 구룡사의 정문으로 한 여인이 걸어 나왔다. 모두 숨을 죽이고 그 여인을 바라보았다. 아직 어린 까닭에 요염함이 느껴지지는 않았으나 오히려 그것이 화적단과 반란군의 무리들을 자극하고 있었다. 아직 청순함이 가시지 않은 여인이 소복을 입고 대문을 넘어 아직 이슬이 마르지 않은 숲길을 걸었다. 그리고 주위를 살피고는 나무 아래로 가더니 엉덩이를 까고 돌아앉아 소변을 보았다. 정적이 맴돌았다. 누군가 꿀꺽 침을 삼켰다. 한편 소변을 보는 여인은 민아였다. 반란군의 무리가 보는 것이 뻔한데 이런 짓을 하려니 얼굴이 붉어졌다. 그러나 이것도 작전의 일환인 까닭에 감당할 수밖에 없었다. 민아가 막 치마를 올릴 때 다시 열린 문으로 준수한 젊은 사내가 걸어 나왔다. 손에는 커다란 보자기에 싸인 무언가가 들려 있었다.

"오라버니."

민아가 소리쳤다.

"민아."

민아와 설태희가 서로 마주 보더니 달려가 와락 껴안고 마구 뽀뽀를 해댔다. 숲속에 숨어있던 화적 단들은 모두 숨을 죽이고 잔뜩 흥분하여 두 남녀를 바라보고 있었다.

"아버님의 49제 때문에 당신이랑 뜨거운 정을 나눌 수 가 없으니 미칠 거 같아요."

민아의 말에 설태희가 대꾸했다.

"나도 과거 공부를 하기 위해 왔다 당신을 만났고 당신을 한양으로 데려가 아버님께 혼인을 허락받고 싶지만 다섯 번이나 낙방을 한 까닭에 아버님에게 신용이 바닥에 떨어진 상태니 어쩌면 좋단 말이오."

"일단 혼례고 허락이고 간에 서방님의 품이 그리워서 몸살이 날 지경이니 이 불타는 몸이나 식혀주시오."

"나도 지금 후끈 달아있는 상태요."

새벽의 산은 추웠다. 아무리 여름이라고는 하지만 나뭇잎에 이슬도 마르지 않았고 차가운 냉기는 뼈를 시리게 만들고 있었다.

"누가 보면 어째요?"

"이 새벽에 누가 본다고 그럽니까? 보고 싶으면 보

라지요. 보다가 흥분돼서 죽어 버리면 정말 재미있을 텐데요. 하 하 하."

설태희가 보자기를 풀었다. 그러자 그곳에는 이불이 있었다. 두 사람은 바위 아래로 향하더니 그곳의 널찍한 땅에 이불을 폈다. 어일홍은 침을 꿀꺽 삼켰다. 아주 재미있는 구경을 하게 생겼네? 다른 화적단들도 일제히 집중해서 그 광경을 지켜보고 있었다. 두 사람은 누가 지켜보는 것을 아는지 모르는지 장난을 치고 있었다. 민아가 소복의 윗도리를 벗었다. 그리고 허공을 향해 힘차게 던졌다. 파르륵 하고 하늘로 솟구친 소복은 허공에 두둥실 떠올랐다. 그러더니 파란 불꽃이 터지면서 펑 하고 허공에서 터지면서 매캐한 연기가 사방으로 흩어졌다. 모두들 숨을 컥컥거리면서 바닥을 굴렀다. 민아가 속곳만 입은 채 화적단을 돌아보면서 깔깔 거렸다.

"소녀의 화끈한 정사를 기대하셨나요? 여기서 이러지들 마시고 당신들도 얼른 집으로 돌아가셔서 당신들 마누라랑 즐거운 합방을 하셔야지요. 여기서 눈 맞은 남녀의 정사를 보는 것은 어울리지 않아요."

어일홍이 간신히 숨을 고르고는 대답했다.

"요망한 년이 무슨 재주를 부리는 것이냐?"

"구룡사를 공격한들 무슨 재미가 있나요? 부처님의 노여움을 받아 구천지옥으로 떨어질 것입니다. 빨리 달아나지 않으면 큰일 납니다."

숲속에서 불화살 하나가 허공을 향해 치솟더니 어일홍의 바로 앞에 뚝 떨어졌다. 그리고 젖은 나뭇잎에 불이 떨어졌다, 민아가 말했다.

"관군들이 이미 매복해서 당신들을 포위했어요. 빨리 달아나지 않으면 모조리 잡혀가 고문을 당하다가 죽을 겁니다. 손톱을 뽑고 이빨과 눈알을 뽑아서 죽이고 당신들의 가족들은 아니 친인척은 물론 구족이 역모죄로 사형을 당할 겁니다. 하지만 제가 사정사정해서 당신들이 달아날 기회를 허락받았지요. 아직 구룡사를 공격하지 않았고 반란군보다는 반란군의 협박에 화적 단이 가담하기도 했으니 그걸 참작했지요. 달아나지 않을 건가요?"

민아가 손가락으로 산 아래쪽을 가리켰다.

"저 쪽으로 죽기 살기로 달아나면 살 수 있을 겁니다."

그때 요란한 꽹과리 소리와 함성이 일었다. 그리고

숲속에서 관군 차림의 말 탄 병사들 몇 명이 거칠게 뛰어나왔다. 손에는 긴 창이 들려 있었다.

"반란군을 모조리 주살하라."

어일홍이 돌아섰다. 그리고 산 아래쪽을 향해 달리기 시작했다. 그러자 나머지 무리도 일제히 돌아서서 산 아래쪽을 향하여 달려갔다. 이십여 명의 도적무리는 넘어지고 자빠지면서 죽기 살기로 달아나고 있었다. 설태희와 민아의 낭자한 웃음이 도적들의 등 뒤로 흩어지고 있었다. 그들이 시야에서 완전히 사라지자 설태희가 민아에게 말했다.

"가짜로 연인행세 하지 말고 우리 진짜로 한번 만나봅시다. 나는 당신이 마음에 듭니다."

민아가 갑자기 발로 설태희의 정강이를 걷어찼다. 방심하고 있던 설태희가 정강이를 움켜쥐고 껑충껑충 뛰자 민아가 말했다.

"천하의 바람둥이 난봉꾼으로 소문난 병판 대감의 아들 소식을 내가 못 들은 줄 알아요? 조선 팔도에 병판 대감의 아들이 바람둥이인 걸 모르는 사람이 없답니다. 어디서 허튼 수작을 하는 겁니까? 까불다가 죽는 수가 있어요."

"그것 아니오. 그거 내 남동생이오. 내 남동생인 설태현이란 말입니다."

"핑계를 대려면 적당히 대세요. 감히 저에게 들이대는 겁니까?"

일연 스님의 커다란 웃음소리가 산 전체를 들썩이게 하고 있었다. 잠시 정적이 흐른다. 정신이 들고 현재로 돌아오자 독고 원장이 말한다.

"자! 전생 여행은 재미있었느냐? 우리는 이미 구룡사에서 같이 했던 인연들이지. 자기가 누구였는지는 각자들 유추해 보길 바란다. 특히 태희와 마릴린의 인연은 이번 생에도 여전히 이어지겠지?"

뉴 재팬 엠파이어
(New Japan Empire)

₿ 11부. 뉴 재팬 엠파이어(New Japan Empire)

태희가 바둑향 기원을 내려와서 부평구청역으로 향할 때 멀리서 한 늙은 사내가 천천히 걸어오고 있었다. 신기했다. 분명히 처음 대하는 사내인데 묘하게 낯익은 느낌이 들었다.

순간, 아득했다. 모든 천지간의 소리가 단절되고 모든 배경은 아득한 느낌과 함께 몽롱한 기억 속으로 사라지고 있었다.

"말 좀 물읍시다."

고전적인 수법이다. 요즘은 이런 투로 말하지 않는다. 가까이서 바라본 사내는 더욱 늙어 보였다.

"말씀하세요."

"저는 지금 쫓기고 있습니다. 자세한 설명을 할 시간이 없어요. 일주일을 잠 한숨 자지 못하고 쫓기는 중입니다. 제가 이걸 빼앗기면 대한민국에 엄청난 손해가 발생합니다.

NJE라는 조직이 사활을 걸고 저를 쫓고 있습니다. 일단 이걸 받아 주십시오. 그리고 얼른 몸을 숨겨주

비트코인 삼국지

십시오. 부탁입니다.”

노인이 내미는 것은 낡고 허름한 종이 가방이었다. 태희가 종이 가방을 받아들자 노인은 태희에게 소리 쳤다.

“그걸 품에다 품으십시오. 남들이 보면 안 됩니다. 그리고 얼른 전철을 타십시오. 그리고 어디로든 빨리 가십시오. 시간이 없습니다. 그들의 눈에 띄면 당신 도 나도 다 죽어요.”

도대체 이게 무슨 일이란 말인가? 태희는 일단 가 방을 품에 넣고 부평구청역을 향해 뛰었다. 그러다가 피식 웃었다. 이거 일본에서 유행한다는 시민을 상대 로 한 몰래카메라의 일종이 아닐까 하는 생각이 들 었다. 요새 유튜버 중에 이런 컨셉으로 조회수를 올 리는 이들이 있지. 그렇다면 자신은 웃음거리가 되는 것이겠지? 하지만 그럴 리가 없었다. 노인의 표정이 연기라고 하기에는 너무나 절실했기 때문이다. 태희 는 부평구청역으로 뛰긴 했지만, 지하로 들어가지는 않았다. 건너편의 건물로 건너가서 노인을 살펴보기 로 작정했다. 그리고 건널목을 빠르게 건넜다. 노인 은 넋을 잃은 듯 한 표정을 지으며 길 한가운데 가만히 있었다. 그때 양복을 입은 건장한 청년 세 명이 노인을 포위했다.

멀어서 잘 안 들리는 느낌이 들자, 태희는 일모에게서 배운 천이통(天耳通)을 열었다. 절정 고수들이 할 수 있는 고난도 기술이다. 비로소 그들의 음성이 똑똑하게 들렸다.

"이봐, 북천. 목숨이 아깝지 않다면 어서 무산신녀도를 내놓지 그래?"

"그걸 왜 나한테서 찾지? 나한테 그런 건 없어."

"당신이 무산신녀도를 들고 도망친 건 세상이 다 아는 일이야. 당장 내놓지 못해?"

"한번 찾아 봐라."

"그사이에 빼돌린 건가? 만약 빼돌렸다 해도 우린 그놈을 찾아낼 수 있어. 시간이 걸릴 뿐이지 결국 무산신녀도는 우리가 찾아내고 말 거야. 그러니까 빨리 무산신녀도의 행방을 말해."

"내 몸을 뒤져봐라. 없다."

"우리 뉴 재팬 엠파이어라는 단체를 몰라서 그래? 무에서 유를 창조해내는 단체란 말이지. 너란 놈도 여태까지 조국을 배신하고 우리 일본에 붙어서 잘 먹고

비트코인 삼국지

잘 살다가 왜 갑자기 무산신녀도를 들고 튄 거지?"

"양심의 가책을 느꼈지. 조선인으로 태어났으니 조선인으로 대한 조선에 뭔가 기여하고 죽어야 마땅하겠지. 너네들이 저지르는 사악한 행태를 지켜보니 정내미가 뚝 떨어졌단 말이다!"

"온갖 친일파 짓은 혼자 다 하고 재산도 수십억씩 끌어 모아 잘나가던 놈이 왜 개과천선이라도 한 건가? 안 하던 짓을 하면 죽는다는 걸 왜 몰라?"

"맞아. 난 여태껏 조국을 위해 한 게 없으니 죽기 직전에 조국에 재산이라도 바쳐야 옳은 거 아닌가? 그리고 솔직하게 말해서 무산신녀도는 대한민국으로 가야 한다. 일본의 사이비종교 집단이 그걸 좋은 일에 쓸 리가 없는 일 아닌가?"

"넌 오늘 여기서 죽는다. 그리고 우리는 이 근처의 CCTV를 모조리 뒤져서라도, 그 무산신녀도의 행방을 찾을 것이다."

태희는 소름이 끼쳤다. 뭔가 일이 꼬이고 있었다. 엮이고 싶지 않은 일에 엮이는 느낌이 들었다. 그런데 일모가 가지고 있던 무산신녀도와 똑같은 무산신녀도가 등장한 것이다. 세장이 모이면 세상이 뒤집힌다고 했던 바로 그 무산신녀도의 두 번째가 등장한 것이다.

"비트코인 몇 백조가 장난 같아? 너 따위 목숨 천 개라도 아깝지 않은 액수란 말이지. 일단은 상부의 명령대로 너를 즉결 처분 할 것이다."

청년이 손을 들었다. 너무 멀었다. 저 노인을 구해주고 싶지만, 세 명의 양복을 입은 청년들의 실력이 어느 정도인지 감을 잡을 수가 없었다. 각성 그룹일 수도 있다. 일모의 말이 생각이 났다. 만약 저들이 절정고수라면 내가 당할 수가 없다. 적의 능력이 확인되지 않으면 36계하라는 그의 이야기가 뇌리를 스친다. 만약 여기서 내가 호기를 부렸다간 노인이 목숨을 걸고 건네준 무산신녀도가 오히려 그들의 손에 넘어가고 자신도 위험에 처할지 모른다는 생각이 들었다. 그것은 낭패다.

"가라."

청년이 손을 번쩍 들었다.

"안 돼"

태희가 소리를 질렀다. 순간, 청년이 멈칫 했다. 그리고 동료에게 말했다.

　　　　　　　　　　비트코인 삼국지

"누군가 천이통으로 우리를 듣고 있지?"

"추격해."

태희가 얼른 천이통을 닫았다. 순간, 어디선가 달려온 거대한 트럭 한 대가 노인을 받았다. 노인은 건널목에서 트럭에 받힌 뒤 한참을 날아 툭, 떨어졌다. 그리고 머리통이 깨졌고, 아스팔트는 온통 시뻘건 피범벅이 되었다. 태희는 귀와 코를 막고 눈을 감은 채 가만히 있었다. 사부가 알려준 기감폐쇄법 이었다. 이렇게 하면 누구도 그를 추적하지 못한다고 했었다. 지금은 사부의 이 방법밖에 믿을 구석이 없었기 때문이었다. 한참동안 그러고 있던 태희에게 말을 건 것은 건물의 청소를 하는 아줌마였다. 아줌마는 복도에서 창밖을 내다보며 있다가 갑자기 귀와 코를 막고 눈을 감는 한 청년을 바라보다가 그의 등을 치면서 물었다.

"괜찮아요?"

태희는 대답 대신 손가락으로 건너편을 가리켰다. 건너편의 횡단보도에 한 노인이 트럭에 받힌 채 죽어있었다.

"교통사고가 났군요."

"나 때문에, 내가 구해줄 수도 있었는데 겁이 나서, 어쩌면 그들이 나보다 셀지 몰라서요."

"진정하세요. 트럭에 받혀 죽는 걸 어떻게 막아요?"

청년들은 어디에도 보이지 않았다. 다만 지독한 술 냄새를 풍기는 한 사내가 차에서 비틀거리면서 내리고 있었다. 누군가 전화를 하고 119와 경찰이 출동 하고, 차는 견인되고 사내는 수갑을 찬 채 이송되고 있었다. 북천이라고 했던가? 어쩐지 귀에 익은 이름이었지만 지금의 먹먹한 가슴으로는 그것을 기억해 낼 수가 없었다. 그때 품속에 있던 종이봉투가 툭 하고 바닥에 떨어졌다. 태희가 종이봉투를 열고 낡은 종이를 꺼내자 그곳에는 그림 하나가 보였다. 커다란 바위 위에서 춤을 추는 신녀의 모습이 그려진 그림이었다. 그림의 상단에는 무산신녀도라고 적혀 있었다. 살펴보니 전에 본 그림과 똑같았지만 뒷부분의 숫자가 틀렸다. 전에 들은 기억이 있다. 세장이 합쳐지면 비트코인이 들어있는 전자 지갑의 비밀을 풀수 있을 거라는 생각이 들었다.

노숙자의
숨겨진 자산이
무려 삼백조?

₿ 12부. 노숙자의 숨겨진 자산이 무려 삼백조?

어두워지는 서울역의 한구석에 바닥에 박스를 깔고 신문지를 덮은 한 남자가 핸드폰을 들여다보고 있었다. 턱수염이 함부로 자라있었고 퀭한 눈빛에 얼굴은 땟물이 줄줄 흘렀지만, 눈 빛 만은 청량하고 맑았다. 그때 한 남자가 그를 향해 다가왔다. 그 역시 땟물이 줄줄 흐르는 노숙자 사내였다.

"태희야. 뭐해?"

"아, 덕만이 형 어서 와."

삼 월 초순이라 입춘 우수 다 지나고 어느새 경칩이 다가온 어느 날이었다.

"뭐 하고 있는 거야?"

"아, 잠도 안 오고 해서 코인 좀 살펴보는 중이야."

"코인에 관심이 있었어?"

"응! 코인에 대해서는 잘 알지. 내가 관심을 가지고 거래하는 코인은 비트코인과 이더리움과 솔라나야."

"여기 노숙하는 애들한테 들어보니까 코인은 100프로 사기라고 하던데"

"음! 그럴 수도 있지. 하지만 그것은 옛날이야기고, 비트코인이나 이더리움은 미국 증권 거래소에서 인정하는 상품이 될 거야! 비트코인이 시가 총액이 1,000조가 넘어 삼성전자 보다도 시총이 크니 사기라고 하기에는 그렇지. 그리고 미국애들이 바보가 아닌데 비트코인 ETF를 통과시키겠어?"

"와! 태희 너 정말 똑똑하구나. 하지만 코인 투자에 실패해서 자살하는 애들은 왜 그런 거야?"

"그것도 여러 가지 종류가 있어. 우선 사기를 치기 위해서 발행하는 듣보잡 코인, 다른 말로는 김치 코인라고 하고, 이런 것에 투자하면 100% 아웃이지. 확정 수익을 준다는 다단계 코인도 정말 조심해야 하고, 애네들이 리딩방 만들고 수익을 나누어 준다고 하는 것도 정말 위험하지. 톡방에 있는 놈들은 다 사기꾼이라고 보면 된단 말야! 그리고 정말 무서운 것은 빚을 레버리지로 활용하여 하는 투자인데 깡통 차는게 순식간이지. 거기다가 레버리지를 풀로 땡겨서 하는 매매도 있는데, 순식간에 깡통나는 것은 정말 시간문제지. 살벌하지."

"태희야! 너처럼 똑똑한 애가 왜 이런 곳에서 이러

고 있는지 정말 이해가 안 되네."

"사실은 내가 코인 때문에 죽을 위기에 처했다가 간신히 살았어."

"왜?"

"사실은 내가 코인을 찾고 있어. 가치로 치면 한 300조 쯤 될까?"

"하하하."

"왜 웃어?"

"노숙자들 허풍이야 유명하지. 모두 IMF 전에는 기업체를 운영하는 사장이었고 6.25 이전에는 지주였고 일제 강점기 이전에는 정승판서를 배출하는 가문이었지. 사실 검증할 수 없는 이야기는 다 허풍에 불과하지. 서른도 안 된 놈이 과거의 기억을 조작해서 마치 찬란한 영광을 누린 것처럼 말하는 것을 보니 참으로 불쌍하구나. 300조가 뉘 집 똥개 이름도 아니고."

"뭐 형이 안 믿어도 할 수 없지. 하지만 진실인걸!"

"말이나 들어보자. 그 구라가 허풍인지 뻥인지 확인해 보자."

"내 이야기는 워낙 비현실적이라 믿기 어려울 거

비트코인 삼국지

고 형 이야기나 해봐라. 형도 자신의 과거에 대해서 이야기를 전혀 안 하는 거 보면 뭔가가 있지 싶다. 말해봐라."

"내 이야기야말로 아무도 안 믿을 거다. 하지만 듣고 싶어 한다면 이야기를 해 줄 수는 있지. 네가 믿고 안 믿고는 관심 없다. 나는 다만 내 마음속의 진실을 이야기해서 속이 후련해질 수도 있다는 생각에서 이야기하려는 거다."

"말해보소."

"알았다. 이야기 하겠다."

덕만이가 이야기를 시작했다.

"사실 나는 어렸을 적부터 지금까지 꿈을 변경한 적이 없어. 태어날 때부터 글을 쓰는 작가가 되고 싶었고 지금도 역시 글을 쓰는 작가가 되는 것이었지. 그리고 한때 무협 소설을 써서 잘나가던 시절도 있었는데, 내가 첫 번째 무협 소설을 출간했을 때는 무협 소설의 끝물이었지. 종이 출간의 시대는 저물고 무협을 읽는 세대도 틀니를 딱딱거리는 늙은이들 몇몇이 절벽에서 뛰어내리다가 기연을 얻고 여러 명의 미인을 춘약 덕분에 거느리는 그렇고 그런 무협 소설에 취해 사는 시절이기도 했지."

"어쩐지 뭔가 포스가 다르더라니, 형은 글을 쓰는 작가였구나. 책도 내고 그러면 필명도 있고 인터넷에 검색하면 나오겠네?"

"당연하지. 내가 발간한 책하고 필명도 알려줄게."

"그런데 왜 이 노숙자의 세계로 빠져 들었지?"

어느새 다가온 몇몇이 흥미로운 표정으로 대화를 경청하고 있었다. 누군가 뛰어가더니 소주 두 병과 종이컵을 사 들고 오더니 덕만이와 태희에게 술잔을 건네고 소주를 가득 따라주면서 말했다.

"덕만이 형도 과거형일까? 과거의 영광을 잊지 못하고 추억에 빠져 사는 불쌍한 남자겠지? 한때는 잘 나가던 위대한 작가."

"그 반대야."

덕만이 술잔을 들어 그대로 마셔버리고는 손가락을 쪽 빨았다. 그리고 술을 사 온 남자를 향해 말했다.

"야, 주려면 홀딱 벗고 주랬다고 술만 사 오면 어쩌냐? 안주도 사 와야지 이 형님이 손가락 빨면서 소주를 마셔야겠니?"

"으악, 미안해, 형 사실은 여기 새우깡을 사왔어."

새우깡이 내밀어졌다. 덕만이 새우깡을 받아서 먹으면서 말을 이었다.

"남들 말이 필력은 좋은데 작품이 형편없다는 거야. 내 단점이자 장점이지. 소재 거리가 없어. 무슨 글이든 쓰고 싶어서 그래서 글 소재를 구하기 위해 여기로 왔지. 여기 와서 노숙자들의 찬란한 과거나 멋진 기억이나 인생의 드라마틱한 반전 이런 걸 기대하고 노숙자들을 만나 술을 사주면서 그 과거의 추억을 들었지만 다들 허풍만 치더군. 그리고 내용이 너무 뻔해. 반전도 없고 클라이맥스도 없고 그저 시시한 인생들뿐이지."

"그래서요?"

"그래서 이렇게 노숙자 생활을 이어나가는 거지."

심각한 표정으로 듣고 있던 설태희가 김덕만에게 말했다.

"형! 내 이야기를 소설로 쓰면 대박이 날 거야. 내가 보증하지. 다만 좀 염려스러운 것은 내가 실제로 경험한 이야기지만 어쩐지 믿어지지가 않는다는 거야. 아마 많은 독자들이 이건 너무 현실성이 없다고 비난할지도 모르지."

"그래? 그런 건 걱정 안 해도 된다. 허풍은 화려할수록 멋진 일이지. 예를 들면 한 사람을 죽이면 살인자가 되지만 천 명, 만 명을 죽이면 영웅이 되는 것이지. 일 이억을 횡령하면 사기꾼이 되지만 백억이나 천억을 횡령한다면 오히려 영웅 대접을 받을 수 있지. 뭐 이건 죄악을 부추기는 것이 아니고 어설픈 허풍보다는 제대로 된 허풍을 치라는 거지. 예를 들어 높이뛰기를 삼 미터 했다고 하면 아무도 그 말을 믿지 않고 욕하지만, 허공을 날고 산을 뛰어넘었다고 하면 오히려 재미있어한다는 말이야."

"알았어. 형! 간단하게 설명할게."

"복잡하게 해도 된다."

"약 10년 전에 한국과 일본과 러시아의 자본가들이 스위스의 한 사무실에서 비트코인의 미래에 대한 포럼에 참가하지. 그 세 사람은 비트코인 창시자와 더불어 그 당시 화폐 가치로 30억불의 코인을 사서 묻어둔단 말이야. 10년이 지나면 300조 이상의 가치가 되어 있을 거라고 확신을 한 거지. 하지만 비트코인을 만든 사람이 그들에게 왜 그런 선물을 주었는지는 알 수가 없어. 근데 비트코인의 가격이 계속 올라가고 있다는 것이고, 조만간 1개의 가치가 1억을 넘게 될 거야. 정말 놀랍지 않아? 미국이 지금의 상황에서 금리를 인하하면 비트코인은 더욱 올라갈 것이고, 조만간 채굴의 난이도가 높아지면 더욱 더."

"채굴이 어려워진다는 이야기구나! 나도 어디서 들어본 적이 있는데…."

"응! 반감기라고 하는데 조만간 시작된다고 하더군. 지금까지 반감기가 시작되면 어김없이 비트코인이 상승을 하곤 했지."

"와! 너 정말 천재구나. 비트코인 300조란 이야기만 없다면 완벽한 스토리군. 사랑한다 태희야! 일단 복선이 재미있게 깔리는군."

"그리고 세 사람은 비트코인의 지갑이 저장된 외장 하드를 스위스의 비밀금고에 맡기지. 그 비밀금고는 코인 창시자가 소유하지. 누구든 세 장의 그림을 들고 찾아오며 그 외장 하드를 내주고 그 외장 하드를 통해 지갑을 열면 300조가 된 돈을 찾아 쓸 수가 있는 거지."

"코인은 비밀번호와 지갑의 번호가 다 일치해야 한다고 하더군. 신문에서 보니까 어떤 사람은 코인의 지갑이 저장된 컴퓨터를 잃어버려서 7년째 그 컴퓨터를 찾아 헤맨다고 하더군. 워낙 거액이라서 포기할 수가 없는 거지. 그 하드가 쓰레기장에 매몰되어 있다고 하더군. 아마! 돌아버리겠지."

덕만의 얼굴 표정이 신문에 언급된 친구와 감정이입이 된다.

"그렇다면 그 300조가 저장된 비트코인 지갑 번호와 비밀번호는 어디 있지?"

"세 사람이 세 장의 그림을 나눠 가졌지. 무산신녀도라는 이름으로 그려진 그림인데 그 그림은 한국 사람이 그렸지. 그 그림은 별거 아닌데 그 뒤에 지갑의 번호와 비밀번호가 나열되어 있다는 거야. 세 장의 그림 중 한 장만 없어도 그 돈은 찾을 수 없는 그림의 떡이 되는 거지."

"이건 마치 드래곤 볼과 같은 설정이군. 일곱 개의 드래곤 볼을 모아서 신룡을 부르면 소원을 이루어 준다는 것과 같은 설정이군. 일곱 개가 아니라 세 개니 정말 쉽긴 하겠지만 세 사람이 만나서 그걸 찾아서 다시 나누면 되겠네."

"그런데 코인을 만든 창시자가 조건을 달았지. 인

류의 발전을 위해서 쓰고 개인적인 사유로 쓰지 않기를 바란다고 말이야. 세월이 흘렀고 창시자의 예측대로 비트코인은 300조 이상의 가치를 지니게 되었지. 더욱 놀라운 것은 코인의 가격이 계속 오르고 있다는 것이고. 마치 눈덩이가 구르듯이. 처음에는 별개 아니었는데 호박이 되어서 구르기 시작한 거지. 그런데 문제가 발생한 거야."

"무슨 문제?"

"러시아의 인물은 러시아의 암흑가를 지배하는 인물인데 푸틴과 친분이 있어. 암흑가 보스이면서 러시아 고위관료라는 이야기지. 그런데 이자는 그걸 찾아서 우크라이나를 완전히 지구상에서 없애는데 쓰려는 계획을 가지고 있지."

"근데 왜 그렇게 러시아는 우크라이나를 못 잡아먹어서 안달이지?"

"사부님 얘기로는 이게 짜고 치는 고스톱이래."

"그게 뭔 말?"

"일종의 종교전쟁이라서 금방 끝나지는 않는데. 하여튼 이것이 전세계적인 하이퍼 인플레이션을 야기한 방아쇠라고 하더군. 그리고 조만간 2탄이 시작이 되는데 이것은 중동이 문제라고 하던데…. 유가가 오르면 정말 끝장 나는 거지."

"뭔 말인지는 모르겠고, 그 놈이 차지하면 안 되겠군."

"나머지 일본 사람은 일본의 비밀종교인 밀교 계통의 종교지도자지. 밀교는 비빌로 전승되는 방식이라서 사이비가 많지. 명색은 그럴 듯하지만 실은 사이비종교로 한때 황산 테러를 해서 일본을 공포에 빠뜨린 전적이 있기도 하지. 그는 이 돈을 찾아서 교세를 확보하고 싶어 하지. 그런데 그 종교지도자의 운전사로 있던 한국 남자가 그가 지닌 무산신녀도를 훔쳐서 내게로 전해주고 죽었지."

"그렇게 허술하게 관리했다고?"

"몰라. 하여튼 그 노인네가 나한테 자기 목숨을 걸고 전해준 건데. 슬프게도 그 미션을 수행 하려고 숨어살게 되었지. 좌우지간 그렇게 해서 나는 세 장의 무산신녀도 중 두 개의 무산신녀도를 가지게 되었고 그것은 비밀장소에 숨겨두었지."

"나머지 한 장을 찾아야지. 러시아인이 가지고 있다는 거 말이야. 그걸 찾으면 수백조의 코인이 네 것이 되는 거잖아."

"말은 그렇지만 나는 이미 그에게 몇 번 죽을 위기를 당했지. 물론 일본에서도 쫓기고 러시아에서도 쫓기는 신세가 되어버렸어. 사부님도 어디론가 사라져버리고 말이야. 나한테는 때가 되면 그림에서 나와서 나를 찾아오겠다고 하는데. 아무래도 미친 것 같지 않아."

"이 이야기를 믿으라고?"

"사실이야. 그래서 나는 여기 서울역에 노숙자로 있는 사부님을 봤다는 제보를 받고 이곳으로 왔고 내가 직접 노숙자가 되어 사부를 찾으려 했지만 나만 노숙자로 몇 개월째 이러고 있지. 어쩌다 보니 이곳의 터줏대감이 되어버렸어."

"당신 사부는 누군데?"

"이일모라는 늙은이야. 중도 아닌데 그렇다고 민간인도 아니야. 승도 속도 아닌 것이 이제는 사라져 버렸으니 미칠 지경이지. 나는 러시아와 일본의 고수들에게 쫓기면서 목숨을 위협받고 있지. 나도 절정의 고수지만, 애들도 만만치가 않고, 나는 독고다이고 애네는 떼거리로 몰려 다니니, 그래서 난 그들을 만나면 이 두 장의 무산신녀도를 줄 생각이야. 어차피 수백조라는 단위의 돈은 실감이 안 가거든. 결국 내가 쓸 돈은 아니라는 말이지. 사부님에게서 약간의 신통력을 배워서 근근히 생명은 지키고 있지만, 나를 추격하는 이들도 능력자들이니 언제까지 내가 버틸 줄은 알 수 없지."

이야기를 듣고 있던 노숙자들은 고개를 갸웃거렸다. 아무래도 믿기 힘든 이야기였다. 구라의 끝판왕! 하지만 그런 내색을 하지 못했다. 평소에는 양같이 순한 설태희지만 자신의 마음에 들지 않으면 무조건 두들겨 패버리는 무지막지한 사내였기 때문이었다. 조직폭력배 출신 실전 격투가로 서울역을 지배하면서 모든 사람들에게 공포의 대명사로 몇 년간 군림하던 노숙자가 설태희와 맞장을 떴고 이빨이 빠지고 갈빗대가 부러지며 전치 12주의 상해를 입고 무릎을 꿇고 말았다. 이후로 서울역 근처의 모든 노숙자들은 설태희를 무서워했다. 비록 젊고 잘생기긴 했지만 이제는 수염을 기르고 낡은 옷을 걸친 거친 사내! 그는 실질적인 서울역의 밤의 지배자였다.

"진짜일까?"

노숙자 두 명이 설태희를 등지고 한참을 걷다가 한 사내가 툭 던진 질문이었다.

"허풍이지. 뭐 설정도 말이 안 되잖아. 일단 스위스의 포럼에 참가한 세 사람 각자 10억 달러의 돈을 투자한다는 설정 자체가 말이 안 되긴 하잖아."

"뭐, 그럴 수도 있지. 하지만, 전혀 불가능한 이야기는 아니잖아. 그래서 세상에는 가끔 불가사의한 일들이 존재하는 것이지!"

두 사람이 걸어갈 때 그 뒤편으로 한 남자가 천천히 걸어오고 있었다. 작은 키에 왜소한 체구 그리고 날카로운 눈빛, 그는 바로 일모였다. 일모는 설태희가 덕만이와 술을 마시고 있는 장면을 멀리서 지켜보고 있었다. 설태희는 그런 사실을 까맣게 모른 채 자신의 이야기에 열중하고 있었다.

"이 코인 문제만 해결되면 여기를 떠날 작정이야. 나도 그동안 우리 사부한테 경제적으로 많은 걸 배웠지. 해보고 싶은 게 있어. 일단 코인 쪽으로 가벼운 투자를 하고 사부님이 가지고 있는 건물의 관리인으로 살면서 한 여자와 결혼을 할 생각이야. 코인 때문에 죽을 위기를 겪다 보니까 돈에 대한 개념이 다시

희미해지네. 전생에 보았던 민아라는 아이가 아무래도 내가 바둑향 기원에서 만난 마릴린이란 느낌이야! 그녀를 다시 만나면 함 사귀자고 졸라봐야지. 아니면 함 붙어보자고….”

"그렇다면 비트코인 300조는 어쩌고?”

"사부님은 신의 뜻대로 될 거라고 했지. 내가 노력하지 않아도 대한민국을 위해서 쓰일 거라고 했어. 일본과 러시아는 과거 우리 대한민국에 씻을 수 없는 죄를 지었지. 그 죄를 조금이나마 갚으라는 뜻으로 이 수백조의 코인이 생겼다고 했어. 하지만 몇 번의 습격을 받았지. 러시아의 격투기선수한테 맞아서 죽을 뻔했고 일본의 닌자들의 칼을 맞아서 복부가 거의 꿰뚫릴 뻔 하기도 했어. 얘네들도 절정 고수들이지. 그래서 무서워서 이리로 숨어버린 거야. 하지만 결국 놈들은 나를 찾아낼 거야. 살아남기를 바라지만 뭐 죽을 수도 있겠지.”

술을 다 마신 덕만이가 눕자 설태희는 덕만이의 옆 바닥에 종이박스를 깔고 몸을 모로 눕더니 잔뜩 웅크리고 잠을 청했다. 태희는 누워있는 덕만을 향해 말했다.

"형, 내가 형 좋아하는 거 알지?"

"흥, 나중에 비트코인 차지하면 저녁이나 한번 사라."

"저녁으로 되겠어? 한턱 거하게 대접할 테니까 기대해도 좋아. 형."

태희가 뭐라고 더 말했지만 덕만이는 이미 코를 골고 있었다. 그때 누군가 말했다.

"태희 형님 안녕히 주무십시오."

노숙자들 중의 하나였다. 태희는 귀찮다는 듯이 손을 들어 억지로 흔들고 다시 잠을 청했다. 이미 자정을 넘긴 시간이었다. 그때 누군가 다가왔다. 빡, 하고 벽을 후려갈기는 소리가 들렸다. 태희가 몸을 일으켰다. 벽을 후려갈긴 사내는 방금 인사를 한 사내였다. 그는 설태희가 잘 때 누군가 접근하면 벽을 후려갈기라는 명령을 듣고 근처에 대기하는 사람이었다.

"어디로 도망쳤나 했더니 멀리는 못 갔군."

늙은 사내 하나가 설태희의 앞에 섰다. 태희가 눈을 부비면서 살펴보니 오래전 목욕탕에서 환상 중에 대면한 적이 있는 사내였다. 태희가 말했다.

"당신이 일본의 사이비교주?"

"이 새끼가 뒈지려고?"

옆에 있던 사내 하나가 욕을 하면서 달려들려고 하자 노인이 손을 들어 사내를 제지했다.

"신녀도를 이리 주게. 물론 자네가 가진 것도 포함해서 말이야. 내 차를 운전하던 녀석이 그걸 훔쳐다 자네에게 준 걸 알고 있어. 불행하게도 놈은 부평구청 사거리에서 트럭에 깔려서 죽고 말았지."

"물론 드리지요. 하지만 러시아인이 가지고 있는 무산신녀도도 필요하실 것입니다. 능력이 되면 몸소 가서 찾아보시지요."

"데려와라."

사내가 말했다. 사내의 말이 끝나자 어디선가 여인의 비명이 들렸다. 잠시 후에 사내 두 명에게 양 옆구리를 잡힌 한 여인이 도착했다. 그 여인은 바로 마릴린이었다. 계속 머릿속을 맴돌던 마릴린이 나타난 것이다. 아! 정말 인연이란 절묘하구나.

"이 여자를 알지?"

"물론 안다. 그런데 왜 이 여자를 데려 온 거지?"

"왜일까? 물론 너를 협박하기 위한 미끼지. 하지만 네가 무산신녀도를 내놓으면 아무 일도 벌어지지 않아. 하지만 만약 무산신녀도를 내놓지 않으면 이 여자는 일본의 섬에 술집 작부로 팔려갈 것이다. 업주는 비싼 돈을 주고 이 여자를 살 것이고 일본의 뱃놈들은 금발의 미녀라면 환장을 하지. 하지만 네가 두 장의 무산신녀도를 내놓으면 이 여자를 풀어줄 것이다."

설태희는 어이가 없었다. 하지만 눈물을 뚝뚝 흘리면서 공포에 떨고 있는 마릴린을 보자 마음이 약해졌다. 어차피 300조의 비트코인은 설태희에게는 꿈의 숫자였다. 만나면 주려고 했는데 막상 만나고 나니 생각이 흔들린다. 이것이 욕심인가? 하지만 실감나지 않는 액수였기에 욕심도 없었다. 그걸 찾으라는 사부의 명령이 있었지만, 왜 그것을 내가 해야하냐고 반문을 하고 싶다. 약간의 고민이 끝나고 태희가 망설임없이 입을 연다.

"무산신녀도를 주겠다. 그녀를 풀어줘라."

시가이 무네의 얼굴에 만족한 미소가 흐른다.

"무산신녀도를 건네주면 즉시 풀어주겠다. 인질을 교환하듯이 두 장의 무산신녀도와 이 여인을 맞바꾸는 거다. 만약 신녀도를 내놓지 않으면 이 여자에게 어떤 끔찍한 일이 벌어질까? 네가 상상하는 것보다 훨씬 심각한 일이 벌어질 것이다."

"알았다. 저기 보이는 물품 보관함에 보관되어있다. 당신들이 지켜보는 가운데 내가 그것을 꺼내 올 것이니 지켜보아라."

설태희의 손가락이 서울역의 화장실 앞에 있는 물품 보관함을 가리켰다. 그리고 천천히 걸었다. 천천히 걸어간 설태희가 비밀번호를 누르고 검은 가방을 꺼냈다. 그리고 가방 안에서 두 개의 두루마리를 꺼냈다. 그것은 무산신녀도였다. 두루마리를 들고 돌아온 설태희가 양쪽 손으로 두루마리를 폈다. 한 여인이 커다란 바위 위에서 춤을 추고 있었다. 화려한 옷을 입고 춤을 추는 신녀의 모습이 거기 있었다. 두 개의 그림이 모두 같았다.

"마릴린을 보내라. 그러면 이 무산신녀도를 줄 것이다."

설태희가 큰 소리로 외치자 사내가 마릴린의 등을 떠밀었다. 마릴린이 설태희를 향해 달려왔다.

"괜찮아?"

"괜찮아. 그런데 도대체 이게 무슨 일이야. 마이 핸섬맨?"

"놈들이 원하는 걸 줘야지. 놈들이 널 인질로 잡고

이 무산신녀도를 달라고 하니 무산신녀도가 아무리 대단하다 해도 너와 바꿀 수는 없는 노릇이지."

"대체 무산신녀도가 뭐야?"

"저 무산신녀도의 뒷장에는 비트코인 300조를 가질 수 있는 전자지갑의 번호와 비밀번호가 적혀있지. 하지만 그러기 위해서 다른 한 장이 필요하지. 세 장을 합쳐야 지갑의 번호와 비밀 번호를 알 수 있는데 한 장은 러시아 사람이 가지고 있어."

"그런 엄청난 걸 왜 나랑 바꾸려는 거지?"

"세상의 그 무엇도 사람의 목숨보다 귀한 것은 없지 너와 나는 전생의 인연으로 이번 생에 만난 것 같아. 나는 너를 만난 것으로 족해. 그깟 돈, 300조가 아니라 3억 조라고 너와 바꾸지 않을 것이다. 사람의 목숨은 천하보다 귀하지. 그걸 모르는 인간이 너무 많은 세상이라는 것이 한탄스러울 뿐이지. 마릴린! 사랑한다."

한 사내가 다가오자 설태희는 미련 없이 두 장의 무산신녀도를 건넸다. 사내가 그림의 뒷면을 보자 그곳에는 일련의 숫자들이 나란히 적혀 있었다. 사내는 그 그림을 가져다 노인에게 내밀었다. 노인은 뒷면의 숫자를 확인하고는 고개를 끄덕거렸다.

"맞군. 이거야 말로 무산신녀도의 진품이 틀림없다. 10년의 시간이 지났지만 나는 눈 여겨 보았기에 진짜인지 가짜인지 알 수가 있지. 고맙다. 설태희. 일모에게도 돈을 잘 쓸 것이라고 전해주길 바란다."

설태희가 마릴린의 손을 잡고 돌아서면서 말했다.

"그런데 마지막 한 장이 문제로군요. 그 사람도 그 한 장의 무산신녀도를 당신에게 순순히 내어줄지 문제로군요. 두 사람이 박 터지게 싸워서 이기는 사람이 300조의 코인을 획득할 수가 있겠죠? 부디 당신들 중 누가 가지게 되더라도 애초에 그 비트코인을 창시한 사람의 뜻대로 인류를 위해서 써 주시기 바랍니다."

"네가 걱정할 일이 아니다."

그때 구경하던 노숙자들 사이에서 두 사람의 남자가 천천히 걸어 나왔다. 함부로 자라난 수염과 긴 머리카락이 바람에 흩날렸다. 늙은 러시아 남자는 이반 체렌스키였다. 그리고 다른 한 사내는 그가 데리고 다니는 종합격투기 선수 출신의 알렉산드로 알로쟈였다. 체렌스키는 시가이 무네를 향해 말했다.

비트코인 삼국지

"오랜만이다. 시가이 무네."

시가이 무네의 얼굴에 화색이 돈다.

"반갑다. 이반 체렌스키. 살아있었구나."

그때 노숙자들 틈에서 조그만 사내 하나가 얼굴을 내밀었다. 노숙자로 위장한 까닭에 옷이 더럽고 누추했지만 눈 빛 만은 이상할 정도로 강력한 힘을 내뿜고 있었다. 일모였다.

"원년 멤버가 비로소 모였군. 이제 사토시 나카모토만 오면 10년 전의 모임이 재현되는 것인가?"

"미스터 리 정말 오랜만이군."

노숙자들이 여러 명 구경을 했고 점점 더 구경꾼이 많아지기 시작했다. 처음에는 몇 명 되지 않았지만 무슨 일인가 싶어 모여든 사람들은 무슨 일이 벌어지는가 싶어 쉽사리 떠나지 못했다. 시가이 무네는 당황스러웠다. 이렇게 사람들이 몰려드는 것은 바람직한 일이 아니었다. 그냥 얼른 무산신녀도 세 장을 구해서 돌아가면 그뿐이었다. 그것은 어려운 일이 아닐 수도 있었다. 이제는 일모와 설태희에게는 관심이 없었다. 오직 이반 체렌스키가 가지고 있는 무녀도를 가지는 것이 가장 바라는 일이었다. 시가이 무네는 이반체렌스키를 향해 말했다.

"당신이 원하는 미래는 도대체 무엇인가?"

이반체렌스키가 대답했다.

"러시아는 지금 전쟁 중이다. 나는 애국자일뿐더러 푸틴은 나의 가장 친한 친구이기도 하다. 나는 내 조국을 위해 300조의 코인을 쓰고 싶다. 이것은 단순한 전쟁이 아니고 웨스트 진영과 이스트 진영의 사활을 건 전초전이고 또한 종교 전쟁의 성격을 띠고 있다. 당신이 종교지도자라는 것을 알고 있다. 하지만 나는 내 발등 위에 불이 떨어진 상태다. 한 번만 양보를 해 준다면 내가 우크라이나가 정복되는 대로 당신의 종교에 300조를 그대로 지원해 줄 것이다. 지금 우크라이나를 정복하는데 내 돈이 들어간다면 러시아에서의 내 지위는 어마어마할 것이다. 전쟁이 끝나면 나는 지금과는 달라진 지위를 가지고 있을 것이다. 러시아에서의 내 지위는 푸틴의 이인자로 손색이 없을 것이다. 그때가 되면 당신을 일본의 지도자로 부상시키는 것은 부담스러운 일이 아닐 것이다. 이것은 나 이반 체렌스키의 명예를 걸고 약속한다."

시가이 무네가 대답했다.

비트코인 삼국지

"그것은 어려운 일이다. 우리 신 일본 제국 즉 뉴 제팬 엠퍼러는 지금 위기에 당면한 상태다. 일본의 경제는 오래도록 침체기를 겪고 있다. 잃어버린 30 년을 들어본 적이 있는가? 앞으로 일본 엔화의 약 세가 지속될 것이고, 일본은 도탄에 빠질 것이다. 이 것이 우리에게는 기회가 될 것이다. 이번에 우리 종 교를 부상시키기 위해 300조의 돈이 필요하다. 나 는 이렇게 해서 일본 종교를 통합하고 더 나아가 세 계의 종교를 통합한 완벽한 교주가 될 것이다. 나야 말로 당신이 한번 양보해준다면 훗날 엄청난 지원을 약속한다. 물론 시원시원하게 물러난 이일모와 그의 제자에게도 100조 이상의 돈을 지원해줄 것이다. 약 속한다."

멀어서 그들의 목소리가 들리지 않았다. 시가이 무 네가 이반체렌스키에게 말했다.

"여긴 사람이 너무 많다. 우리가 이목을 끌어서 좋 을 것이 하나도 없다. 일단 이 지역을 벗어나는 것이 좋을 것이다."

시가이 무네와 이반 체렌스키가 수하들을 데리고 서울역을 떠났다. 사람들은 무슨 일인가 싶어 모여들었다가 별일 아니구나 생각하고 뿔뿔이 흩어졌다. 신고를 받고 출동했던 경찰도 그냥 사람들이 흩어지는 것을 바라보다가 돌아가 버렸다. 건물을 빠져나가자 잔뜩 흐린 하늘에서 비가 내리기 시작했다. 이일모와 설태희 그리고 마릴린은 그들을 따라 걸었다.

"그냥 어디 가서 저녁이나 먹을까요?"

설태희의 말에 마릴린이 대답했다.

"300조의 돈이 걸린 문제야. 우리의 지분이라도 약속받아야 하지 않나요. 핸섬맨! 엄밀하게 따진다면 100조의 돈은 우리의 것입니다. 처음 약속은 인류를 위해 세계평화를 위해 쓴다고 했지만 시가이 무네는 자기네 종교를 위해 쓴다고 합니다. 사이비종교를 발전시키는 것은 오히려 인류의 해악이 되지요. 그리고 이반체렌스키는 우크라이나를 궤멸시키는데 쓴다고 합니다. 어느 쪽도 타당하다고 할 수 없지요. 하늘의 뜻이 있다면 우리가 쓸 수 있을 것입니다. 가서 누가 가지는지 확인이라도 해야 합니다."

마릴린의 말에 일모가 태희를 보면서 말했다.

"너의 안목은 여자만도 못 하구나. 절정 고수는 되었지만, 아직 초절정 고수가 되지 못하는 이유이기도 하지. 시간이 지나면 깨달을 줄 알았는데…. 그러게 나약해 빠진 성격으로 이 험한 세상을 어떻게 살아갈 것이냐? 적극적이고 진취적인 성향이어야 한다. 나약한 패배주의는 끝까지 너를 지배하는구나! 못난 놈. 하지만 이겨내야 한다."

"인신공격은 하지 마세요. 사부님. 저도 제가 못난 것쯤은 알고 있습니다. 저도 초절정 고수가 되고는 싶지만 그 길이 정말 어렵습니다."

비가 쏟아지고 있었다. 처음에는 약하게 내리다가 마침내 엄청난 굉음을 내면서 폭우가 지면을 강타하고 있었다. 피어나는 물안개와 수증기로 인해서 앞이 보이지 않을 지경이었다. 장엄했다. 시가이 무네와 이반 체렌스키는 공원의 한가운데 마주 섰다. 이반 체렌스키가 말했다.

"말로 해서는 안 듣는구나. 그렇다면 폭력을 행사할 것이다. 나는 러시아의 특수부대원 삼십 명을 데리고 왔다. 이들의 리더는 절정 고수다. 지금 안 보이는 곳에서 모두 내 명령이 떨어지기를 기다리고 있다. 내가 내 말이 거짓이 아니라는 것을 보여주지."

이반 체렌스키가 허공을 향해 손을 번쩍 들었다.

그리고 주머니에서 사과를 꺼내어 허공으로 던졌다. 픽, 소리와 함께 사과가 박살났다. 소름 끼치는 광경이었다.

"소음기를 단 저격용 총이 서른 개쯤 네놈들의 숨통을 노리고 있다. 내 명령만 떨어지면 너희들은 이 자리에서 벌집이 될 것이다. 확인시켜 주랴?"

레이저 불빛이 여러 곳에서 시가이 무네와 그의 부하들의 몸을 비추었다. 시가이 무네는 어이없는 표정으로 이반 체렌스키를 바라보았다.

"내 몸속에는 두 장의 무산신녀도가 있다. 벌집이 된다면 그 돈은 영원히 찾지 못할 것이다. 총알로 벌집이 되고 내 피로 얼룩진 무산신녀도에서 어떻게 지갑의 주소와 비밀번호를 찾을 수 있을까? 그러지 말고 우리 셋이 마음을 모아 100조씩 나누는 게 어떨까? 본래 우리의 몫은 서로 삼분의 일이 맞잖아."

이일모가 큰 소리로 대답했다.

"100조의 돈도 적은 것이 아니다. 나는 이 나라의 고통 받는 젊은이들과 전세대란으로 사기를 당한 자들에게 지원할 것이다. 그리고 대한민국의 출산율을 높이기 위해 아낌없이 이 돈을 쾌척하겠다. 우리가 처음 자금을 만들 때는 인류의 발전을 위해 쓰기로 단합했지만 지금은 서로의 뜻이 다르니 돈을 찾아서 나누는 것이 가장 공평한 일일 것이다. 그렇게 하자."

"좋은 말이다."

시가이 무네와 이일모 그리고 이반 체렌스키는 천천히 앞으로 향했다. 마침내 세 사람은 서로의 호흡을 느낄 수 있을 만큼 가까이 모였다. 비는 여전히 쏟아지고 있었다. 이반 체렌스키는 어딘가로 손짓을 했고 누군가가 작은 가방을 가져다 이반 체렌스키에게 건넸다. 이반 체렌스키가 가방을 열자 거기에 다른 무산신녀도가 들어있었다. 이반 체렌스키는 가방을 시가이 무네에게 건넸다. 시가이 무네가 가방 안에 무산신녀도를 집어 넣고 닫았다. 세장의 무산신녀도는 가방 안에 담겼다. 세 사람이 서 있는 정 가운데 가방이 툭 던져졌다. 이일모가 말했다.

"그렇다면 우리 세 사람이 스위스로 가서 코인을 찾아 돈을 삼분의 일씩 나누고 헤어지는 것이 가장 바람직할 것입니다. 두 분도 내 의견에 찬성하십니까?"

두 사람이 고개를 끄덕였다. 검은 가방을 사이에 두고 세 사람이 대치했다. 주위에는 아무도 없었고 모두 멀리 물러서서 세 사람을 지켜보고 있었다. 시가이 무네가 두 사람을 향해 말했다.

"물론 살아남은 사람이 가지는 것입니다. 그건 당연한 일이겠지요?"

이일모와 이반 체렌스키가 고개를 끄덕였다. 그리고 이반 체렌스키가 말했다.

"나는 우리 세 사람이 모두 살아남아 각자 일백조의 코인을 찾아 자기가 쓰고 싶은 대로 쓰는 것이 좋으리라 생각합니다. 모두 그 돈이 아니더라도 이미 많은 돈을 소유하고 있으리라 생각합니다. 불행하게도 우리 중 누가 먼저 죽는다면 삼분의 일은 이 분의 일로 줄어들고 또 나머지 사람마저 죽으면 혼자 다 가지게 되겠지요. 물론 그런 일이 벌어지지 않기를 바라지만 세상사 모두 우리 뜻대로 되는 것은 아니지요."

이일모가 이반 체렌스키와 시가이 무네를 바라보면서 말했다.

"이런 어마한 돈을 가지고도, 돈을 더 가지려고 목숨을 거는 어리석은 사람은 없겠지요?"

비가 여전히 쏟아지고 있었다. 그때 시가이 무네가

손뼉을 쳤다. 누군가 시가이 무네를 향해 일본도를 던졌다. 멀리서 날아온 일본도는 정확하게 시가이 무네를 향해 날아왔고 시가이 무네는 그걸 받아들었다. 시퍼런 칼날이 빗물에 젖어 번들거리고 있었다.

"두 놈이 죽는다면 이 돈은 온전히 내 것이 된다."

"움직이지 마라."

이반 체렌스키가 품속에서 권총을 꺼내어 겨누면서 말했다. 일모는 그들을 바라보았다. 100조만 있어도 충분히 하고 싶은 일을 하면서 살아갈 수 있을 것이다. 하지만 이미 두 사람은 다른 사람의 몫인 200조의 돈을 가지고 싶어 한다. 어쩌면 여기서 살아남지 못할지도 모른다. 시가이 무네가 큰 소리로 외쳤다.

"누구도 우리 세 사람의 일에 끼어들지 마라. 목숨으로 그 값을 치를 것이다."

빗소리에 섞인 시가이 무네의 음성은 마치 벼락처럼 컸다. 이반 체렌스키가 권총을 툭 던졌다. 던져진 권총은 일모를 향해 날아왔다. 일모는 권총을 받는 대신 발길로 툭, 찼다. 이반 체렌스키가 어이없다는 표정으로 일모를 바라보았다. 그때 시가이 무네가 허공으로 솟구쳐 올랐다. 일장보다 더 이장 보다 더 삼장 이상의 높이로 까마득하게 솟아오른 시가이 무네는 검을 번쩍 들고 그대로 수직으로 낙하했다. 검술의 달인으로 일컬어지는 시가이 무네의 검이 두 사람을 가르기 위해 수직으로 낙하하는 순간, 갑자기 하늘에서 번쩍하고 번개가 일었다. 그리고 빠지직하고 내려친 벼락이 시가이 무네를 새카맣게 태워버렸다. 툭, 시가이 무네의 시신이 바닥으로 떨어져 내렸다. 너무나 허무한 결말이다. 초절공 고수도 하늘을 거역할 수 없었다. 이반 체렌스키가 권총을 주워들었다. 그리고 일모를 겨누었다. 일모가 말했다.

"욕심이 잉태한즉 죄를 낳고 죄가 장성한 즉 사망을 낳느니라고 야고보서에 있습니다. 이반 선생께서는 제발 총을 거두시기 바랍니다. 나는 돈에 욕심 부리지 않을 것이니 당신이 그냥 300조의 비트코인을 가지시기 바랍니다. 나는 그림 속에 들어가서 좀 쉬렵니다."

"총이 두려운 가? 천하의 일모도 총알을 피할 재주는 없다. 그렇지?"

"맞습니다. 날아오는 총알을 피할 수는 없지요. 그러니 제발 나를 쏘지 말아요. 나는 오래 살고 싶습니다. 그 돈이 아니어도 얼마든지 살아갈 수 있습니다."

일모가 돌아섰다. 그리고 어둠을 향하여 걸었다. 걸으면서 중얼거렸다. 쏘지 마라. 제발 쏘지 마라. 설태희는 일모의 표정을 보았다. 아주 간절하게 중얼거렸다. 이반 체렌스키, 제발 우리 사부를 쏘지 말아요. 그는 불쌍한 노인에 불과합니다. 통장에 수백억 수천억이 있으면 무슨 소용이 있나요. 코인 300조가 있으면 뭐 하나요. 그냥 허름하고 이상한 옷 하나 걸치고 승도 아니고 속도 아니고 허위허위 살아가는 불쌍한 노인네에 불과 한 것을, 설태희는 고개를 숙이고 간절히 빌었다. 비는 머리 위로 빗물이 쏟아지고 있었다.

긴 시간이 지났다. 그리고 탕, 정적을 가르는 총소리가 들렸다. 설태희는 일모가 쓰러진 것을 확인하려고 고개를 들었다. 발사된 총알은 앞으로 나가지 않고 뒤로 발사되었다. 시간이 거꾸로 흐르듯이 총알은 앞으로 나가지 않고 뒤로 역류했다.마치 영화 테넷의 한 장면처럼 시공간이 왜곡된 것이다. 그리고 쓰러진 것은 일모가 아닌 이반 체렌스키였다. 일모가 천천히 걸어가 가방을 들었다. 그리고 설태희를 향해 내밀었

다. 설태희는 빗속을 걸어가 가방을 받았다. 그리고
두 사람은 천천히 걸었다. 돌아보지 마라. 마릴린은
떠나는 그들의 뒷모습을 한참 동안 바라보다가 돌아
섰다. 설태희와 일모는 태연한 표정으로 한참을 걷다
가 마침 지나가는 택시를 잡았다. 두 사람은 택시에
올라 서로를 마주 보았다. 설태희가 물었다.

"돈을 찾을 건가요?"

"찾긴 뭘 찾아, 이제 본격적으로 오르기 시작한다.
물론 중간에 조정이 있겠지만 계단식 상승이 이어질
것이다. 아마 올해가 지나기 전에 일억 오천을 돌파
하지 않을까 싶다. 지금 상황이 보통 심각한 것이 아
니다. 미국의 상업용 부동산 거품이 꺼지면 미국의
중소 은행이 파산을 할 것이고, 중국은 이미 부도 상
태라고 봐도 무방하다. 중국의 통계를 믿는 바보는
없지. 특히 중동의 움직임도 심심치 않다. 이스라엘
을 대표하는 이가 아무래도 성격에 결함이 있는 듯
하다. 이런 상황에서 자칫 유가가 오르면 빼도 박도
못하는 상황이 벌어지겠지. 결국 중국은 대만 침공을
통해서 돌파구를 찾으려고 할 것이고, 그렇다면 대
한민국은 절체절명의 위기에 빠지게 되지. 그런데 아

비트코인 삼국지

이러니한 것은 이런 일들이 비트코인의 가격을 밀어 올린다는 거야?"

"에이, 설마요. 너무 세게 구라를 치는 것 같은데…."

"허! 이놈 공부 헛 공부 했구나. 블로그 가서 바향서원치면 다 나오는 이야기인데, 아직 멀었구나. 멀었어."

"제발 그만요. 머리 아프니까 설교는 그만 하시고 한 십억만 찾아서 저 집도 사주고 아, 결혼도 해야 하는데 돈도 없고 그러니까 건물 하나 사서 제가 건물주가 되는 건 어떨까요?"

"사리사욕을 위해 쓸 비트코인이 아니다. 2024년 후반기가 되면 이 나라에 예기치 않은 불행이 닥칠 것이다. 정치쪽에서 대격변이 일어날 수 있다. 국가의 재정이 바닥나고 환율은 치솟을 것이다. 중국과 일본 러시아와 북한이 대한민국을 압박할 것이다. 모든 국민이 힘들어할 때 그때 지금보다 훨씬 가치가 높아진 이 비트코인이 이 나라 이 백성을 위해 온전히 이용될 것이다. 그때까지 우리는 이 비트코인을 단 한 푼의 낭비도 없이 온전하게 보관해야 할 의무가 있다. 그것이 우리의 존재 이유이다. 그리고 네가 결혼하고 네가 살아갈 집은 내 돈으로 충분히 마련해 줄 수 있다. 내 경제력을 의심하는 것이냐?"

"아닙니다. 믿습니다."

"네가 나한테 하는 걸 보고 지출될 돈의 액수를 결정할 것이다."

"협박?"

"그냥 알려주는 거다."

택시기사가 말했다.

"어디까지 가세요? 목적지를 말씀하셔야죠."

"원주"

"너무 멀어요. 굳이 가신다면 한 30만 원 정도는 주셔야지요."

"콜, 50만 원 줍니다."

택시기사의 입이 귀에 걸렸다. 어둠을 뚫고 쏟아지는 비, 그리고 그 빗속으로 택시 한 대가 질주하고 있었다.

설태희는 팔짱을 끼고 유리창 밖으로 펼쳐진 광경을 바라보고 있었다. 눈에 쌓인 백두산의 풍경이 눈에 들어왔다. 창밖은 을씨년스러운 풍경이었지만 호텔의 내부는 따뜻하고 부드러운 공기가 흐르고 있었

　　　　　　　　　　　비트코인 삼국지

다. 어? 순간적으로 창문에 비친 자신의 모습을 보던 태희가 놀라서 자세히 유리창을 보았다. 거울을 통해 살펴본 자신의 모습은 나이가 좀 먹어 보인다는 느낌이 들었다. 그리고 밖의 풍경도 2030년은 넘어 보인다.

"여기서 뭐해? 산책이나 해요."

누군가 뒤에서 태희를 끌어안았다. 따뜻한 두 개의 가슴이 태희의 등을 눌렀다. 돌아보자 금발의 여인이 자신을 바라보면서 말했다. 그녀는 이미 삼십이 넘은 요염한 여인인 마릴린이었다. 갑자기 허공에서 뚝 떨어져 내린 것처럼 정신이 없었다. 무언가 아무런 개연성도 없고 기억의 연결고리도 없었다. 그때 문이 열리면서 누군가 뛰어 들어왔다.

"아빠."

설태희가 고개를 숙여서 바라보니 귀여운 여자아이였다. 대여섯 살 정도 되어보였는데 너무 귀여워서 깨물어 주고 싶을 만큼 귀여웠다.

"넌 누구니?"

"아빠, 나는 설지은이야. 아빠 딸도 몰라보는 거야?"

"네가 내 딸이라고?"

"여보 왜 그래요? 당신 어디 아파요?"

지은이의 손에는 한글이 적힌 종이 한 장이 보였다.

"그건 뭐지?"

마릴린이 대신 대답했다.

"당신 방에서 당신이 소설 쓴다고 이 비밀이 너무 재미있다고 하던 그 종이야. 이 글자가 무산신녀도의 뒷장에 적혀있었다고 했어."

"내가 그랬다고? 내가 소설을 쓴다고?"

설태희가 지은이의 손에 들려있던 종이를 달라고 하자 지은이가 종이를 내밀었다. 설태희가 종이를 들어 그 글자를 읽었다.

[대한의 백성이 도탄에 빠지고 아비규환의 지옥이 구현되리라. 그날이 오래 지속된다고 해도 절망하지 마라. 조각 동전이 고래를 잡으면 구국의 용병과 터럭 하나가 나라를 구하리라.]

"이 비밀이 풀렸어?"

"당신이 나라를 위해 큰 결심을 한 거잖아. 결국 글의 비밀을 풀었지. 몇 년 동안 코인을 찾아서 쓰자고

사정사정해도 들은 척도 안 하고 이거 해독한다고
고민하다가 마침내 비밀을 풀었다고 했잖아."

"그 비밀이 뭐였지?"

"조각 동전이 고래를 잡으면 이라는 부분을 오래
도록 풀지 못하다가 나중에 황 박사라는 사람이 나
타나서 그걸 풀었지."

"무슨 소리야?"

"조각 동전은 비트코인이고 그 조각 동전의 가치
가 4경에 이른다는 거였지. 고래를 잡는 것을 포경이
라고 하니까? 즉 비트코인의 시가 총액이 4경의 가
치를 지녔을 때가 바로 그 시기였던 거지. 당신과 당
신 사부가 이미 무너진 나라의 경제 복원을 위해 그
돈을 기꺼이 풀었고 중국은 무너지고 우리는 예언서
의 말처럼 남북통일을 하고 잃었던 만주벌판을 되찾
았지. 당신은 우리나라의 진정한 영웅이야. 물론 그
것을 아는 이는 거의 없지만 당신이야말로 진정한
구국의 영웅!"

"내가 영웅? 그러면 우리 사부인 일모는?"

"그 양반은 당신이 비트코인을 풀자마자 어디론가
사라져 버렸지."

"그러면 지금 비트코인 한 개 가격이 얼마나 하지?"

"한 20억 정도 하나? 비트코인이라면 환장하는 당신이 새삼스럽게 가격을 묻다니 웃기네. 하루에도 몇 번씩 확인하던 사람이 설태희 아니었던가?"

"뭐 그럴 때도 있지."

"내가 인터넷에서 본 건데 미래에서 온 시간 여행자가 곧 머지않아 인류가 종말을 맞이할 거라고 했다고 하더군. 그 때 또 다시 비트코인이 중요한 역할을 할 거라는데, 당신 생각은 어때?"

"뭐 다차원의 우주에선 그의 얘기가 뻥일 수도 있겠지만, 난 그가 정신병자고 헛소리를 한다고 생각하지. 물론 내가 살고 있는 이 세상에서는 말이야.하지만 일런 머스크하고 연계되어있다는 생각을 지울 순 없네."

"옛날에 떠돌던 비트코인 괴담이 생각나네. 지하실에서 월세로 살아가는 할아버지가 있었대. 그런데 그 노인이 기초생활 수급자였다고 하거든. 어느 날 병들어 죽어가는 걸 집주인이 입원시켜주고 밀린 방세도 안 받았대. 그런데 그 노인이 병원에서 죽어갔고 죽어가면서 밀린 방세랑 자신이 가지고 있던 돈을 몽

땅 주면서 뭔가를 부탁했다는 거야. 2010년 정도였는데 나중에 그 주인이 부자가 되었다는 거야. 알고 보니 그 노인이 비트코인 사는 법을 알려주고 거기에 투자를 하라고 했다는 거지. 뭐 믿거나 말거나 하는 도시괴담이지."

"당신이 그런 도시괴담을 안다고 하니 정말 세상은 요지경이네. 정말 한 길 사람 속을 모르겠네."

그때였다. 옆에서 웃기만 하던 설지은이 설태희의 품으로 파고 들었다. 설태희가 지은이를 번쩍 들었다. 지은이가 환하게 웃었다.

"아빠 뽀뽀해줘."

"뽀뽀를?"

"네 뽀뽀해줘요."

지은이가 입술을 내밀었다. 마릴린이 말했다.

"당신은 복이 터졌네요. 여인 두 명이 당신만 사랑하고 있으니까요."

"그래, 나는 복이 터졌어."

설태희가 지은이의 입술에 뽀뽀했다. 그런데 살짝 부딪친 입술이 차가웠다. 그때 일모의 목소리가 들렸다.

"뭐하냐?"

눈을 뜨자 마릴린도 지은이도 보이지 않았다. 머리를 흔들고 주위를 살피자 택시 안 이었고 밖에는 거칠게 비가 쏟아지고 있었다. 잠깐의 백일몽(白日夢)이었다.

"왜 유리창에 입술을 대는 거야? 미래의 따님을 보니까 정신이 없어?"

"어?"

"능력자들은 남의 꿈을 엿보는 능력이 있어."

"지금 이 나라는 축복을 받은 걸까요? 여당과 야당이 박 터지게 서로를 비난하면서 싸우고 있고 의사들은 진료를 거부하고 전세금을 사기당한 젊은이들이 자살을 하고 인구는 점점 줄어들어서 노인공화국이 되고 김정은이는 대포를 꽝꽝 쏘아대면서 겁을 주는 마당에 말입니다."

"정직하게 살아야지. 세상에 아무리 혼탁해도 정신을 똑바로 차리고 자신의 길을 뚜벅뚜벅 걸어가면 되는 거야. 언제 세상이 평화로운 적이 있었나? 인류가 생긴 이래 삼 일 이상 전쟁이 그친 적이 없다는 말이 있지."

"부자가 되려면 코인이나 주식이나 이런 것에 올

인하면 어떨까요?"

"죽으려면 무슨 짓을 못하냐? 세상이 거꾸로 뒤집힌다고 해도 본인만의 의지로 본인만의 세상을 살아가는 것이 최고의 진리다. 최악의 경우를 생각해야 한다. 이 코인이 휴지처럼 값어치가 없어진다고 해도 상관없을 정도의 각오가 있다면 거꾸로 엄청난 이득을 챙길 자격이 생기는 것이다. 모든 일에는 양면성이 있고 우리는 그걸 알아야 한다. 자기 확신을 가지고 행동하면 된다. 모두가 말려도 본인의 의지가 확고하다면 그 책임은 본인이 가진다. 기쁨이든 슬픔이든 본인이 누리는 것이다. 세상 모든 사람이 말려도 본인이 옳다고 믿는다면 코인을 사고 모든 사람이 다 산다 해도 본인이 사기 싫으면 안 사는 것이다. 하지만 꼭 명심할 말이 있다. 빚투는 절대 안 된다. 불행이라는 것은 상대평가일 때 생기는 거다. 절대평가를 해라. 그러면 불행 따위는 없다."

"네네, 지당하신 말씀만 하시네요."

"원래 진리는 단순한 법이다. 착하게 살면 복을 받고 악하게 살면 벌을 받지. 내가 칠십년 넘게 공부해서 얻은 결론이다."

"그런데 내가 미리 본 내 미래는 맞는 걸까요?"

"여태까지의 흐름대로라면 맞을 수도 있지만."

"있지만?"

"그런 미래가 오지 않는다고 해도 감수할 각오는 있어야겠지."

"만약 그런 미래가 오지 않는다면 저는 지금 세상에서 가장 슬픈 꿈을 꾼 것이겠죠?"

"그런 미래는 반드시 온다. 그것이 진리다. 20억 하는 코인 가격도 확인했잖아. 고래를 잡는다는 말이 포경 즉 비트코인의 총액이 4경의 가치가 되면 우리가 가지고 있는 비트코인의 가치는 수천조가 되고 그것을 팔아 나라를 위해 풀었고 그결과 남북통일이 되고 세계의 초강대국이 되어 중국과 러시아가 쩔쩔 매는 미래를 보고 왔잖아. 만주벌판을 되찾고 독도에 대한 소유권도 확실해지고 백두산 호텔에서 아내와 딸이랑 행복한 시간을 보내고 있었잖아. 그건 다가올 미래를 미리 보는 예지몽이기도 하지."

"국뽕에 빠져 사는 사람들을 비웃었는데 지금 살짝 그런 느낌이?"

"리얼, 레알 백 프로 현실, 국뽕하는 자들도 결국은

애국심의 과다한 발로 때문이지. 꿈이 현실이 되는 'dream come true', 터럭 하나와 구국의 용병이 만들어내는 신비로운 미래."

비는 억수같이 쏟아지고 있었다. 갑자기 조금 전 헤어진 마릴린이 미치도록 보고 싶었다. 전화번호도 모르는데 그 애를 어디서 만나지. 하지만 설태희는 그녀와 함께하는 미래가 반드시 온다고 완벽하게 믿었다. 나의 어여쁜 이방인 아내 마릴린. 그리고 너무 귀여워서 숨이 막히는 딸 지은이. 설태희의 얼굴에서 웃음이 피어올랐다.

- 감사합니다.

에디슨이 했다는 말 중에 천재는 99%의 노력과 1%의 영감으로 이루어진다고 한다. 이 말은 모든 사람이 다 노력하면 천재가 된다는 뜻이 아니다. 1%의 영감을 타고나지 않았다면 99%의 노력을 해도 이루어지지 않는다는 아주 냉정하고 잔혹한 말이다. 오래도록 빛을 보지 못하면서 꾸준히 글을 써오면서 나의 고민은 내가 1%의 영감을 타고났는가에 대한 의문이었다. 그걸 타고나지 못했다면 99%의 노력은 헛수고에 불과할 것이다. 모차르트를 능가하지 못하는 살리에르처럼 비운의 이인자로 남을 것이기 때문이다.

나는 천재이고 싶었다. 그리고 노력으로 되는 거라면 천재가 되고 싶었다. 하지만 이제는 내가 소위 말하는 천재이거나 혹은 천재가 아니거나 그런 것에 연연하지 않기로 했다. 허락되는 만큼만 살면 되는 것이다. 노력하고 최선을 다해도 주어지지 않으면 내 깜냥이 그 정도구나 하고 감내하면서 살아갈 작정이다.

이 글에 지분이 있다면 반 정도는 황 대표의 몫일 것이다. 게으를 때는 채찍으로 힘 빠질 때는 당근으로 또 과감하게 천재라는 호칭을 스스럼없이 써주는 몇 안 되는 사람 중의 한 명이다. 이 책에서 꾸준히 강조해 온 것은 사행심이나 한방 주의를 경계하는 것이다. 책은 현실이 아니다. 과거와 현재와 미래를 뛰어넘고 러시아와 일본과 한국의 고수들이 무공을 겨루는 재미있는 판타지일 뿐이다. 다행스럽게도 이 글에서 재미 말고 무언가를 얻어 간다면 그건 당신의 행운일 것이다.

지연되는 출판에도 조바심 한 번 내지 않고 지켜봐 준 사랑교회의 식구들과 그들의 진심 어린 기도와 끈끈한 육 남매 경애 누나, 은애 누나, 경춘이, 미애, 경순이, 그리고 어머님의 기도가 이 책의 부족한 행간을 가득 메우고 차고 넘치게 해준 사실을 늘 기억할 것이다. 그리고 늘 안타까운 시선으로 바라봐 준 그녀에게 감사하며 마지막으로 이 모든 일을 주관하고 허락하신 주님께 감사를 드립니다.

ps: 설태희의 감성으로 썼지만 나중에 읽어보니 일
   모에 더 많이 빙의되어 있어서 슬펐고 초라한 노
   숙자의 역을 기꺼이 감당해 준 김덕만 집사님께
   감사를 전하면서 알고 보니 그 사람에겐 작가의
   이미지가 많이 투영되어 있었다는. ^^!!

비트코인 삼국지

비트코인

삼국지

지은이 박촌 이영춘
펴낸이 황선진
마케팅 박경석

펴낸곳 바향서원
주소 경기도 시흥시 은행로 222 101동 303호
전화 032) 511-6618   **팩스** 0303) 3440-0828
이메일 timebattle67@naver.com

북디자인 Ⓜ PAGE M 한충명

등록번호 제2022-000015호
등록일자 2022년 07월 19일

초판 1쇄 2024년 06월 15일
ISBN 979-11-980429-3-4

가격 17,000원